KB018907

있는 그대로가

좋아

중학생, 우리들이 쓴 시

있는 그대로가
좋아

중학생 67명 시 ㅣ 이상석 엮음

보리

차 례

1부 석 달 남은 입시

앞질러 가지 못하겠다 강문준 · 11

그 여자 아이 김병수 · 12

여자 동창생 양명철 · 15

내 친구 김일한 손용만 · 16

친구 김상록 박청 · 17

학교 가는 길 조철호 · 18

우리 학교 공도권 · 20

아침 조례 강동우 · 22

식당 이창수 · 24

기차 이광훈 · 26

나의 수첩 정홍주 · 27

우리들이 가지고 있는 모든 것 민지식 · 28

친구 중에 '나' 김정도 · 29

키 좀 커 봤으면…… 김병수 · 30

2학년 때 물상 선생님 공국진 · 32

미술 교생 선생님 박재원 · 34

인사해 봤자 김영운 · 35

《일하는 아이들》을 읽고 임정섭 · 36

어디에 있는지 대답을 하여라 양익범 · 38

자율화 정호영 · 41

숙제 서상덕 · 42

보충 수업 김철수 · 44

도시락 반찬 송석원 · 46

힘없는 노예들 송석원 · 48

장학 검열 양익범 · 51

시험 날 신광호 · 52

밤샘 하치덕 · 54

석 달 남은 입시 최철호 · 56

참고표(※) 박대영 · 57

나의 교과서 조철우 · 58

종례 시간 서상덕 · 59

두더지 오락 박대영 · 60

회수권을 위조하다 임정섭 · 62

초등 학교 앞의 신문을 파는 형님 양익범 · 64

TV 10분 박대영 · 67

너무한 참가 박남렬 · 68

약자의 고통 이현용 · 70

꿈 속의 잠, 잠 신광호 · 72

골병 제조기 이근무 · 74

2부 가난이 무슨 죄란 말인가

생선 냄새 김춘석 · 77

칼 이상화 · 78

아구찜 정기철 · 80

어머니 송석원 · 82

돈 문성수 · 83

세찬 비에게 빌었던 소원 신성학 · 84

아버지의 주름살이 늘어 갈 때면 김학세 · 86

점포 청소 장효진 · 89

아버지의 고생 하현철 · 90

기다림 마기열 · 92

아빠의 얼굴 성경수 · 93

부모님 천명조 · 94

가난이 무슨 죄란 말인가 조철호 · 96

할머니의 고생 조완철 · 98

우리 누나들 이현용 · 100

울고 하는 숙제 문성수 · 101

고종 사촌 형님 박재원 · 102

손뜨개질 김우근 · 104

물 지기 문남실 · 106

헌 신발 배명환 · 108

큰 신발 강성철 · 109

새 신발 윤영일 · 110

시집 김춘석 · 112

우리 집 화장실은 바빠요 함우창 · 113

쥐꼬리만 한 우리 집 문성수 · 114

작은 우리 집 신광호 · 115

집 김상조 · 116

우리 집에서 본 바깥 풍경 허송회 · 117

3부 자갈치 아지매

아침의 자갈치 풍경 정우철 · 121

자갈치 아지매 이광훈 · 122

자갈치 아지매 문성수 · 124

우리 동네 아주머니들 김화빈 • 126

손수레 장수 아주머니 이종원 • 127

배추 장사 박병영 • 128

똥 푸소 아저씨들 김인호 • 130

우리 동네 정홍주 • 132

철공소 박정기 • 134

공사장 이건식 • 136

대장장이들 민병헌 • 138

군고구마 할아버지 주성진 • 140

구멍가게 할아버지 천원태 • 143

보리밥 민병헌 • 144

대순 김형식 • 147

감 하치덕 • 148

가을 이종원 • 149

어리석은 나무 주성진 • 150

정자 민병헌 • 152

구름 최민호 • 154

목숨 박정기 • 155

입갑 이상표 • 156

파리 김영규 • 158

말라서 죽은 쥐 박재원 • 159

놀잇감이 된 죽은 참새 한 마리 김병수 • 160

죽은 병아리 이병기 • 163

짝 없는 새와 나 신광호 • 164

보신탕 집의 개 공국진 • 166

교회 탑 정우철 • 168

오줌 골목 안우남 • 169

어둠의 계단 이건식 • 170

유학생 정우철 • 172

이발소에서 민병헌 • 174

이것이 시다 한영근 • 176

남과 북 김영운 • 178

오늘의 꿈 한영근 • 179

엮은이의 말

글쓰기는 똥 누기와 같다 이상석 • 187

■ 일러두기

1. 이 책은 1985년에 나왔던 《여울에서 바다로》(온누리)에서 시만 뽑아 다시 골라 엮었습니다.

2. 이 책에 실린 시는 1982년에서 1984년까지 부산에 있는 대양 중학교에서 이상석 선생님과 함께 공부한 아이들이 썼습니다. 이 아이들은 1982년에 1학년, 1983년에 2학년, 1984년에 3학년이었습니다. 대양 중학교는 1989년에 없어졌습니다.

3. 띄어쓰기와 잘못 쓴 글자는 바로잡았으나 사투리와 입말은 그대로 두었습니다.

1부

석 달 남은 입시

앞질러 가지 못하겠다

2학년 강문준

"다녀오겠습니다."
산 할아버지 구름 모자 쓰고……
나는 콧노래를 부르면서 학교에 간다.

우리 학교 3학년 형 중 하체가 소아마비인 형이 있다.
그 형은 "잉야잉야 휴." 하며
목발을 짚고 학교로 간다.
내가 등교할 때면 그 형은 항상 내 앞에 있다.
나는 그 형을 앞질러 가지 못하겠다.
그 형은 도대체 몇 시쯤에 집을 나왔을까.

그 여자 아이

2학년 김병수

공부를 하고 있으니 어디서
싸움하는 소리가 들린다.
조금 있으려니
유리 깨는 소리 와장창
그릇 집어던지는 소리 챙챙
자꾸만 들리는구나.

동생들은 나와 함께
다락으로 올라왔네.
무서워서 우리들은
벌벌 떨고 있었네.

이럴 때
아버지 어머니께서
빨리 오셔야 하는데……
우리들은 모두 이렇게 생각한다.

그 집에 있는
여자 아이는
오빠보고 애원한다.
"오빠 오빠 그러지 마.
제발 오빠.
남들이 비웃어 오빠."
그리고 그 여자 아이는
오빠에게 붕대를 감아 준다.

그 때
둘째 동생이
나에게 말했다.
형님아,
우리들은 커서
저렇게 하지 말자.
아버지 어머니 잘 모시고 살자.

나는 눈물이 나오도록 찡했다.
그리고 나는 대답했다.
"응! 그래."

좀 있으니 조용해졌다.
이런 속에서도
그 여자 아이는
자기 반에서 반장을 하고
공부도 잘하며 착하다.
그럴 땐
내 목이 쑥
떨어지는 것 같다.

여자 동창생

2학년 양명철

학교에서 오는 길에 동창생을 만났다.
○○였다.
그래도 동창생이지만 선뜻 말은 나오지 않았다.
살며시 나를 보고 웃는 모습이
조금은 반갑고 쑥스러웠다.
그래도 남자라고 먼저 말을 해 볼까?
한참 생각하면 어느 새 뒷모습만 바라본다.
집에 와서 생각하면
다음에 만나면 말해야지.
아니, 오랜만이라고 말할까.
아니지 악수라도 해야지.
아— 아니야, 이름이라도 불러야지.
이렇게 동창생을 만나고 나면
얼얼하니
내 마음을 모르겠다.

내 친구 김일한

2학년 손용만

일한이는
조그마한 아이들을
잘 괴롭힌다.

그런데 이상하게도
나한테는
너무나도 잘해 준다.

딴 아이들은 일한이를
못됐다고 생각하지만
나는 정반대다.

나한테 잘해 주어서가
아니고
일한이 마음 속에도
착한 마음씨가 있다는 걸 알기 때문이다.

친구 김상록

2학년 박청

아침에 오자마자
뒤로 돌아보며 '뭐 지가 본 여자는 어떻고' 등
입을 하루 종일 놀려 대는 상록이.

노는 시간의 절반 정도는
거울 앞에 가서 지낸다.
머리를 빗고 모양을 내다가
교무실 누나가 지나가면
쏜살같이 달려가 한 번 부딪치고
돌아오면서
우리들에게 승리의 웃음을 띄워 보낸다.

학교 가는 길

3학년 조철호

우리 집은 걸어서
25분이면 학교에 도착한다.

오늘도 여느 때보다 약간
일찍 집을 나섰다.
비가 부슬부슬 내리는데
나는 우산도 없이 학교에
가고 있었다.

비가 와서 그런지 걸어서 학교에 가는 아이가 많이 없
었다.

한참 걷다가 영선 초등 학교 담장을
지나는데
개나리가 눈부시게 노랗게 피어 있었다.

게다가 비에 맞은 모습은
어떤 아름다움에 형언할 수 없었다.

학교에 가니 친구들이 많이 없었다.
그러나 나는 오늘 아침처럼
아름다움을 느낀 적은
생전에 처음이다.

우리 학교

2학년 공도권

앞에서는 차 소리
뒤에서는 아이들 떠드는 소리
우리들은 불행한 아이들이죠.

저 산중턱에 커다란 학교 짓고
맑은 공기 마시면서 공부하고 싶어요.

언제까지나 우리는 이 학교에서 공부해야 하나요.
운동장이 좁아 아이들 놀 곳이 없는
우리 학교
바닥도 세멘트로 옷 갈아입어
넘어지면서 다치는 그런 학교 싫어요.

우리도 영도 여자 중학교처럼
저 높은 산에서 공부하고 싶어요.

앞에서는 기계 소리

뒤에서는 체육 시간 선생님 호각 소리

우리들은 불행한 아이들이죠.

저 바다 근처에 커다란 학교 짓고

파도 소리 들으면서 공부하고 싶어요.

아침 조례

2학년 강동우

차렷! 열중 쉬엇!
월요일 아침
고래고래 소리치시는
선생님.

앉아! 일어서!
줄 맞추기 위해
고래고래 소리치시는
선생님.

그 말을 듣는 우리는
괴롭기가 한량없다.
그러나 선생님이니—
하는 생각에
할 수 없이 움직인다.

앉았다 일어섰다
차렷했다 열중 쉬어 했다.

식당

2학년 이창수

식당에 가면 언제나 더럽다.
땅에 흩어진 휴지 하며
부러진 나무 젓가락
학생들이 앉을 자리가 없어
서서 먹거나 창문 앞에서 먹는다.
그리고 늦게 오면
사람이 없기는 하나
식탁 위에 흩어진 빈 그릇 하며
나무 젓가락 때문에
국수 먹을 생각이 없어진다.
그래도 할 수 없이 먹는다.

다른 사람은 줄을 서는데
3학년 형들은 새치기로 국수를 사 먹는다.
그보다 더 지독한 형들은
나무 젓가락만 들고 돌아다니며

반찬을 빼앗아 먹거나
국수를 뺏아 먹는다.
그래도 우린 가만 있는다.

기차

3학년 이광훈

기차는 기차는 달린다.
고정되어 있는 길로 달린다.
빨리 달려도 안 되고
천천히 달려도 안 되고
정확한 시간에 맞추어 달린다.

우리도 우리도 달린다.
고정되어 있는 길로 달린다.
궤도를 이탈하면 안 되고
규칙에 맞추어 달린다.

나의 수첩

2학년 정홍주

나의 수첩에는
여러 가지 사연이 적혀 있다.
조례 종례 때 선생님이 하신 말씀
친구의 전화 번호
시험 범위도 적혀 있다.
그리고 숙제와 매일 가지고 올 준비물도 적어 놓는다.

그렇지만 학교 올 때는 모두 잊어버린다.

우리들이 가지고 있는 모든 것

3학년 민지식

우리에게 있는 것은 공부.

부모님은 우리에게 공부해라 공부해라.

우리들이 가지고 있는 모든 것은

누가 가지고 갔나.

우리가 노예가 된 것은 무엇 때문인가.

학교에서 공부, 집에서 공부.

우리의 꿈은 어디로 갔나.

희망 · 용기 · 기백

이런 모든 것은 어디로 사라졌나.

우리들이 가지고 있는 모든 것은 어디로 사라졌나!

친구 중에 '나'

2학년 김정도

내 친구들은 공부를 잘한다.

물론 영어도 잘한다.

내가 오락실에 있을 때

내 친구들은 오락 기계에 있는 영어를 잘 읽는다.

나는 생각을 한다.

만약 나한테 저 영어를 물어 보면 어떡하나 하고 겁이

난다.

키 좀 커 봤으면……

2학년 김병수

내 키 이제 겨우
147㎝이다.
170㎝가 될 날은 언제인가
남들은 키가 큰데
나는 키가 작다.

여자들이 많은 곳을 가면
나는 부끄러워 그만 빨리 뛰어
그 속을 빠져 나간다.
꼭 그 여자들이
날 깔보는 것 같다.
남들은 내보고 컸다지만
나는 그렇지 않다.
여자 앞에만 가면
나는 키 때문에
부끄러워 말할 수도 없고 그 사이에

끼지도 못하겠다.

어디 키 늘이는 기계는 없고 약은 없나.

언제

내가 원하는 키가 클 것인가?

2학년 때 물상 선생님

3학년 공국진

저번 2학년 때 어느 시험 치는 날
물상 선생님께서 우리를 감독하셨다.
나는 시험을 마치고 엎드려 있었다.
물상 선생님께서 오승우의 여드름을 짜 주는 것을 보고
웃음이 나왔다.
그런데 물상 선생님께서는 나를 쳐다보더니 나오라고
했다.
나는 마음이 두근거렸다.
얼른 "나는 남의 것을 훔쳐 보지 않았습니다."라고 말
했다.
그런데 물상 선생님께서 "너는 시험 시간 때에 왜 이렇
게 웃는 거야?" 하며 내 뺨을 쳤다.
나는 정말 억울했다. 신경질이 아주 많이 났다.
그 뒤로 나는 물상 선생님이 아주 싫어졌다.
선생님들은 정말 너무하다.
우리의 억울함 같은 것을 짓밟아 버려도 된다고 생각하

는 것 같다.

　선생님들도 우리의 일을 좀 생각하고 나서 때렸으면 하고 바랄 뿐이다.

미술 교생 선생님

2학년 박재원

선생님은 어쩔 땐 보면
가수 남궁옥분 같다.
말할 때도 귀엽고
웃을 때도 참 귀엽게 생겼다.

내가 선생님을 딴 교생 선생님보다
좋다고 이 말을 하면
내 짝지는 자꾸 딴 아이들에게
고자질을 자주 한다.

인사해 봤자

3학년 김영운

우리가 인사하는 것이 싫어서인가.
아니면 귀찮은 것인가.
아니면 선생이란 직업이
남에게 부끄러워서 저러시는가.
아무리 인사해도 받아 주시질 않는다.

나는 길가에서 인사를 하고 난 뒤
욕을 한 적도 있었다.
오죽 했으면 욕까지 했겠나.

한 번이라도 있었나
인사 받아 준 적이.

《일하는 아이들》을 읽고

2학년 임정섭

맨날
나는 천진난만한 티없는
소년이라고 자부해 왔다.

그러나 이 책은
그런 나의 환상을 깨끗이
깨어 버렸다.

내가 얼마나 거짓되고
울긋불긋 치장한 글을
썼는가를
너무나 확실히
가르쳐 주었다.

글이란 자신이 겪어 보지 않고는
쓸 수 없는 것이다.

이런 진리가 이 책 속에
숨어 있었다.

학교의 글짓기 선수들이여
이 책을 보고
반성해 보자.

어디에 있는지 대답을 하여라

2학년 양익범

지금쯤 어디에 있을까?
살아 있니? 죽어 버렸니?
생사조차 알리지 않고 어디에 있니?

그 때는 키가 작았지.
나도 키가 작았으나 내가 조금 컸지.
하지만 지금은 어디서 무엇을 하고 있니?
얼마나 컸을까?
옛날 그대로는 아닐까?

옛 친구들이 너의 생각을 잊어버려도
나는 오늘 되찾았네.
내 조그마한 책갈피 속 종이 한 장에서.

그 때가 좋았지.
소풍을 갔는데 처음으로 교복을 입고 영도, 이 섬 밖으로

소풍을 갔으니
그러나 그것이 너에게는 마지막의 교복 입은 소풍이었지.
학교 친구들과 마지막 소풍일 줄이야
이제는 영영 못 만나는 것인가.

여름 방학 때
1983년 여름 방학
그 방학이 끝나자 너는 없었지.
우리에게서 멀어져 갔어!

하지만 추억은 지워지지 않아.
나도 추억의 하나인 그 때 봄 소풍의 사진이 있어.

그런데 너는 지금 어디에 있니.
굶주리지 않는지.
돌아와라

너의 부모 품으로
그리고 우리 학교의 친구들에게
네가 온다면 옛 친구들도
싫어하지는 않을 거야.

기다리겠다.
10년, 20년 언제까지나.

네가 우리의 세계로 돌아올 날을 바라보면서…….

자율화

2학년 정호영

우리 학교가 자율화를 실시한 것도 거의 1년.
하지만 말 많은 게 자율화다.
옷은 원색을 피해라, 머리는 귀를 덮지 말고,
눈썹 닿지 않게 하고,
옷깃에 머리가 닿지 않게 해라…….
웬 말이 이리도 많은지
제한도 많고 말도 많은 자율화.
제한이 이리 많은데도 자율화인지
자율화 자율화 참 말 많은 자율화다.

숙제

3학년 서상덕

수학 시간 전,
마흔여 명의 아이들이
옆 반으로 몰려갔다.
숙제를 빌리기 위해서다.
이것은 이미 하루 이틀의 일이 아니다.
거의 매일 있다시피 하는 일이다.

수학 선생님이 들어오시고,
선생님은 "숙제 안 한 놈, 앞으로!" 하신다.
한 아이만이 나갔다.
다른 애들은
그 애가 맞는 것 보고 웃어 댔다.
모두 정직하지 못한 사람이다.
선생님은 그 아이에게 무안을 주셨지만,
그 애는 맞으면서도,
꾸지람을 들으면서도,
입을 꼭 다물고 있었다.

나는 지금까지
그 애가 말하는 걸 몇 번 보지 못했다.
그 애는 변명 대신
눈가에 웃음을 짓고
선생님을 바라본다.
나는 그 애의 눈이
노려보는 눈보다
더욱 무섭게 느껴졌다.

바보스런 그 아이.
불쌍하게 여겨졌다.
그러면서 나는
수많은 위선자 중의 그가
더 낫다고 생각했다.

아니, 그는 더 이상 바보가 아니다.

보충 수업

3학년 김철수

보충 수업이
방학을 공일로 만들어 버렸다.
빌어먹을
이것도 방학인가
길지도 않은 방학을
삼분의 일이나 들쳐먹고
수업은 수업대로 안 된 것 같고
공부는 공부대로 이익을 못 봤고
돈은 돈대로 또 날리고
왜 이리 세상만사가 정신없나.
어중간하게
방학 중 공부라니.

몇몇 아이를 잡으려다가
수십 명의 아이들을 죽이겠다.
수업 받는 시간도 너무 차 있어

다시 모르는 걸 반복할 자습 시간이 없었다.

집에서는 폭염에 숨쉬기도 힘든데
등에 땀이 흐르는데

이놈의 보충 수업
방학이 없어져 버리든지
아무것이나 둘 중 하나가
사라져 버렸으면…….

도시락 반찬

3학년 송석원

학교에 매일 싸 가는 도시락.
매일 반찬도 싸 가지.
반찬 뚜껑을 남 몰래 살짝 열면
오늘도 여전히 김치.
그러면 나는 슬그머니 뚜껑을 닫는다.
그리고, 가방에 푹 찔러 깊숙이 넣는다.
나는 솔직히 김치가 맛없다.
미국에서는 교포들이 김치를 생각하며
양배추에 케찹을 발라 먹는다 하지만
나는 김치가 맛없다.
다른 아이들은 볶은 것 튀긴 것
달걀후라이 소시지 등을 싸 온다.
나는 왠지 마음이 이상해진다.
하지마는 마음 속으로 참으며 웃는다.
그러면서 도시락을 들고 웃으며 놀리며
조르며 꼬시며 아이들의 반찬을

뺏아 얻어먹는다.

엄마가 집에서 반찬 통을 씻을 때

뚜껑을 열어 보면 아침에 싸 준 반찬 그대로

젓가락 하나 대지도 않은 반찬.

엄마는 그것 보고 반찬 안 묵고

머 묵노 하고 묻는다.

나는 그러면 반찬을 뺏아 먹었다 한다.

그러면 엄마는 아무 말 안 한다.

나도 반찬을 맛있는 것 많이 싸 가서

다른 아이들이랑 어울려서

맛있게 같이 갈라 먹고 싶다.

그래도 여전히 엄마는 김치만 싸 주신다.

그래서 나는 아예 반찬 통을 책가방에서 안 꺼낸다.

그래서 안 싸 왔다고 거짓말한다.

힘없는 노예들

3학년 송석원

나와 힘없는 아이들은
전부 노예들이지요.
싸움 잘하고 자기 빽이 많이 있는 아이는
그 노예들을 막 부려먹지요.
나는 그 노예들 중 한 명이에요.
오늘도 나는 노예 일을 하다가
집으로 왔어요.
수업 시간에 바람에 책장이 막 넘어가서 문을 닫았어요.
그런데 싸움 잘하는 아이들이 문을 열어라고 했어요.
나는 책장이 넘어가서 그렇다고
닫자고 말했어요.
그랬더니 나중에 "때리 죽인다."고 하며
문을 열어라고 했어요.
그래서 나는 할 수 없이 문을 열었어요.
그리고, 대청소 시간이었어요.
나는 유리창을 닦고 있다가

교실에 종이를 가지러 갔는데

상헌이가 교실 청소하라고 하며

스폰지를 나에게 주었어요.

그래서 나는 유리창 닦아야 한다며 말했어요.

그러자 상헌이가 나를 때릴려고 했어요.

그래서 나는 할 수 없이 했어요.

선생님은 유리 안 닦는다고 뭐라고 했어요.

나는 그래서 유리 닦으러 갈려고 했어요.

그러자, 상헌이가 곧 때릴 기세였어요.

그래서, 나는 빗자루를 들고 물을 쏠었어요.

그러다 홍오가 교탁을 씻으며

빗자루를 빌려 갔어요.

그래서 나는 잠깐 쏠 동안 기다렸어요.

그러자, 상헌이가 청소 안 한다며

무릎으로 나의 중간 급소를 찼어요.

나는 그만 주저앉아서 울었어요.

상헌이 자기는 옆에 서서

빈둥거리며 청소 안 하며 자기 분단이

교실 청소하니까 인원 수가 적어서

다른 데 청소하는 아이들을

억지로 끌어 와서 하라 했어요.

그리고 힘센 아이들은 이거 해라 저거 해라,

과자 좀 사 오너라 하며

심부름을 시키면서 부려먹어요.

하지만 우리는 힘없는 아이들끼리

모여서 뭇매 해 주고 싶지만

맞으면 또 자기 패거리를 데리고 와서

겁을 먹고 우리들은 가만히 있어요.

나와 힘없는 아이들은 완전한 사람의 노예예요.

우리들의 이 현실을 선생님들이

좀 잘 알아주었으면 좋겠어요.

그래서, 우리를 노예 해방을 시켜 주었으면 좋겠어요.

장학 검열

2학년 양익범

장학 검열이 오늘

오늘은 누구를 막론하고 수업에 열중하네.

하지만 나는 이것이 싫어.

평소의 수업 분위기가 나쁘면 어때

있는 그대로가 좋아!

누가 있으면 하고 없으면 안 하는 이중 인격자는 싫어.

있는 그대로가 좋아!

시험 날

3학년 신광호

긴장되는 오늘, 오늘은 시험 날.
선생님의 크신 눈이 더욱 더 크게 보여
이리 어슬렁 저리 어슬렁
우리가 컨닝할까 지켜보는 선생님.

내가 앞뒤 친구에게 지우개를 빌려 주면
선생님의 눈은 혹시나 하는 의문의 눈으로 차갑게 쏘아
본다.
"선생님 선생님 저는 절대 컨닝 안 합니다."라고 말하고
싶지만
내 소린 입 안에서만 뱅뱅 돈다.

시험 땐 유난히 차갑고 매서운 선생님의 눈초리.
"제발 그런 눈으로 저희들을 보지 마세요."

시험이 끝나면 환희의 한숨 소리.

그러나 그러나

다음 달의 시험 걱정.

나는 마음 속으로라도 외쳐 본다.

"시험아 물러가라."

밤샘

2학년 하치덕

내일은 시험
'오늘은 밤샘을 해서 내일 시험 잘 쳐야지.'
하고 생각하며 걸상 위에 앉았다.
책을 펴고 못 한 공부를 하며
잠이라는 괴물과 싸움을 한다.
잠이 나를 수렁에 빠뜨리면
형이 나를 구해 준다.
형은 "시험에 걱정 말고 편히 쉬어라."
하지만 나는 밤샘이라는
목표를 달성해야 한다.
아직껏 그 목표를 달성해 본 적이 없다.
번번이 잠에게 지기 때문이다.
잠에게 이기기란,
무거운 쇳덩이를 번쩍 들어 올리는 거나 마찬가지다.
그러나 그 쇳덩이를 들어 올린 적이 아직 한 번도 없다.
잠은 살며시 나에게 와서

'자라. 그리고 내일 일어나서 공부해.'

자꾸 이런 식으로 유혹하기 때문이다.

오늘도 기록을 못 깨고

유혹에 빠져 잠을 잘 것만 같다.

석 달 남은 입시

3학년 최철호

이젠 눈앞이 아무것도 안 보인다.
입시가 코, 아니라 눈까지 왔다.
이젠 큰일났구나.
공부는 안 했는데 고등 학교는
좋은 데 가고 싶고 어짜꼬 싶으다.
부모님께서 자꾸 좋은 데 가라 하시고
성적은 안 되고 기가 막힐 노릇이다.
아버지께서는 공부 못하면 너 앞일이
걱정이다 하시면서 한숨만 하시고
엄마는 공부 좀 열심히 해라 하시며
한결같은 마음.
입시가 발등에 떨어졌는데
어짜꼬 싶으다.

*어짜꼬 : 어찌할꼬.

참고표(※)

3학년 박대영

참고표는
그저 표시이다
'참고하라'는.

요즈음 참고의 뜻은
예상 시험 문제 표시인지
정작 참고표 할 곳에는 없으면서도
외울게 많은 곳이면 붉은색이 쭉 깔려 있다.

나의 교과서

2학년 조철우

나의 교과서는 지금 통틀어
일곱 권밖에 없다.
나(학생)에게 제일 중요한 것은
교과서이다.
일곱 권 중에 한 권 빼놓고는
전부 책 중의 병신이다.
하나는 앞표지가 없어졌고
하나는 뒤표지가 없어졌다.
그래서 나는 특별실에 갈 때는
책을 감싸서 간다.
왜냐하면 창피하기 때문이다.

종례 시간

2학년 서상덕

수업을 끝마치고
빨리 가자는 아우성에
종례 시간은 떠들썩하다.

선생님이 들어오시면
우리 교실은 조용해진다.
선생님 말씀을 듣기 위해서가 아니라
선생님의 말씀을 빨리 마치라는 뜻.

종례가 끝날 즈음에는
반장의 구령 소리에 침을 넘긴다.
반장의 "경례." 하는 구령 소리가 떨어지면
우리는 벌써 우르르 몰려 나간다.

두더지 오락

3학년 박대영

무작정 나왔지만
공부하라는 방망이에,
이 구멍에서 나왔다가 삐익.
저 구멍에서 나왔다가 삐익.
투덜거리며 들어간다.

이번엔 두더지로선 비상 수단.
머리에 글자 쓰고 항의 데모.
"숨 좀 틔워 달라!"
"공부하기 지겹다. 괴롭다!"
그러나 역시 역부족 삐익.

무작정 나왔지만,
실직이란 방망이에
이 구멍에서 나왔다가 삐익.
저 구멍에서 나왔다가 삐익.

비명을 지른다.

하고는 사회를 비평한다.

"돈이면 다냐!"

"나도 사람이다!"

그러나 역시 역부족 삐익.

회수권을 위조하다

3학년 임정섭

체육 자습 시간 아휴 심심해.
아! 맞다. 회수권을 만들자.
녹색 볼펜 있나?
삭삭삭.
자율화 버스라서 구별도
못 할 거야, 히히ㅡ.

흰 종이를 빌려다 째 가지고
열심히 빨간색 파란색 녹색을
칠해 가며 초잡은 것을 만들고 있는데

이놈! 무서운 체육 선생님한테
한 명이 걸렸다.
우리는 재빨리 종이를 밀어넣고는
참고서를 편다.

그 녀석은 기어이 혼나고
그러나 난 두 장이나 벌써 만들었다.
집에 갈 때 자율화 버스를 타야지.

버스 정류장에서 나는
위조를 휴지통에 버리고
주머니에서 회수권을 꺼내
차에 올랐다.
운전수께 회수권을 썩 내 보이며
통에 넣었다.

*초잡은 : 보잘것 없는, 쩨쩨한.

초등 학교 앞의 신문을 파는 형님

3학년 양익범

내가 초등 학교를 다닐 때부터
아니 더 옛날부터
학교 앞에서 교련복을 입은 형들이
신문을 팔고 있었다.
어린이 만화 신문이다.
한 장에 50원인가 60원 했는데
요새는 100원이다.
그리고 무엇을 꼭 끼워 주었다.
지금도 역시 그러하다.
그런데 그 형님 누님들이
해마다 바뀌었다.
그러나 그 자리에는
아침 등교 시간을 졸라매어서
비가 내리는 아침에도
아무것도 쓰지 않고
갈색 기름종이를 신문지 위에 덮고

지나가는 아이가

신문 한 부를 사 주기를 바라고 있다.

며칠 전 아침에 비가 한 방울씩

내리는데도

어느 형 혼자서

신문을 펴 놓고 앉아 있었다.

옛날의 형은 아니지만

그 자리는 비어 있는 날이 하루도 없다.

아이들이 학교에 갈 때면

한 부만 사라고 한다.

쪼그리고 앉아 있던

그 자리의 흔적은

이 학교가 없어지면

또 다른 학교로 이사를 가서

그 자리에 흔적을 남길 때

무너지지 않는 고난을 극복하는

형 누나들은 한 명, 한 명
늘어만 간다.

TV 10분

3학년 박대영

옆집 이층 방은
밤에도 불이 켜져 있다.
공부하기 때문이라 한다.
나는 놀랐고 또 이어서 나도 뭔가 해야지 하고 결심했다.
그러나 유감스럽게도
TV를 10분 보는 동안
모든 걸 잊어버렸다.

너무한 참가

3학년 박남렬

우리 부산에 교황께서 오신다.
이는 부산의 큰 행사이다.

그래서 우리 학교는
수영 비행장에 모였다.

내가 태어나
이렇게 많은 사람들을 처음 봤다.

우리 학교는
지정된 자리에 앉았다.

교황께선 4시가 넘어서 오시는데,
사람들은
1시도 안 되어 박작박작하였다.

또, 교황께서 오셨을 때

어른들은 앉아라 앉아 하며 성을 내며 말하였다.
그래서 우린 앉았다.

그러나 선생님과 어른들이 서 있어서
앞이 하나도 보이지 않았다.

어른들만 앉으면
뒤의 학생들도 다 보일 것인데.

나는 이 때
우리는 교황께서
방문하시는 걸 환영해서 온 게 아니라
그저 자리만 채워 주러 온 것 같다고 생각했다.

난 태어나서
이렇게 불쾌한 참가는 처음이다.

약자의 고통

3학년 이현용

학교 마치고 쓸쓸히
걸어오고 있는 길에
슬픔을 깨닫지도 못할
조그마한 어린이들이
순진하게 놀고 있는
모습을 보았다.

제일 힘센 아이를 중심으로
몇몇 아이들이 뭉쳐 있고,
단 한 아이 홀로 남아
그 애들과 대항하고 있다.
옳은 말을 해도,
좋은 일을 해도,
힘센 아이가 싫어하니
그 아이 혼자 옳다고 외치고
달려든다.

잠시 후 힘센 아이는
주먹으로 그 아이를
때리고,
하지 못하라고 욕한다.
주위의 아이들은 묵묵히
묵묵히 지켜보고,
친구에게 버림받고
매맞는 아이는
하늘을 말없이
쳐다보고 있다.

꿈 속의 잠, 잠

3학년 신광호

잠이 온다.
선생님의 목소리가 안 들린 지는 아까부터다.

눈까풀은
자지 않으려는 나를 무시하고
자꾸만 자꾸만 감겨진다.

꿈 속에서 헤매고 있는 누구한테
가시 돋친 선생님의 목소리가 울린다.

반쯤 감은 나의 두 눈은
왕방울처럼 커지고

혹시나 하는 조바심으로
선생님을 볼 때
휴…….

나는 졸다가 걸린 친굴 보고 웃는다.
근데 다른 친구들이 나를 보고 더 크게 웃는다.

나에게도 선생님의
따가운 눈초리가 전해졌다.

나도 같이 들킨 것이다.
쩔쩔매고 있던 내가 다시 눈을 뜨니
이제 새벽 5시.

나도 꿈 속에서 잠을 자다 걸린 것이다.

골병 제조기

1학년 이근무

아침이면
만원인 버스 안

이리 치고 저리 치고
이리 갔다 저리 갔다
갈피를 못 잡는다.

이건 정말
골병 제조기 아닌가.
언제 좀
편한 버스 타 볼까.

2부

가난이 무슨 죄란 말인가

생선 냄새

2학년 김춘석

우리 어머니는 생선 장사를 한다.
우리 엄마 옆에 가면
항상 생선 냄새가 난다.

이것이 좋은 냄새라고 생각한다.
그 냄새는 우리를 위해
고생하시는 어머니의 냄새이기 때문에.

항상 어머니 손에 있는 것이면
그 냄새가 난다.

돈에도 생선 냄새 옷에도 생선 냄새.
사람들은 그 냄새를 싫어한다.

우리들을 위해 고생하신 어머니.
우리들을 위해 고생하신 어머니.
그 생선 냄새와 살아오신 우리 어머니.

칼

2학년 이상화

칼은 우리 어머니의 필수적 무기다.
칼이라고 하니 집에서 쓰는
칼이라고 생각할지 모르겠다.
그러나 우리 어머니는 집에서 칼을
사용하시는 일이 많지 않다.

우리 어머니는 쥐고기 대가리
끊는 일을 하신다.
쥐고기 대가리를 따기 위해서는
칼이 없으면 절대로 불가능하다.
그래서 우리 어머니는 칼이 필수적인 것이다.

어머니는 칼에게 희망을 거신다.
우리 가족의 앞날을 위해서
어머니는 오늘 밤도 늦게 오셨다.
우리의 앞날을 위해서

쥐고기 부대를 모두 제거하고 오신 것이다.

어머니는 오늘 밤도 칼을 갈고 계신다.

우리의 앞날을 위해서

쥐고기 부대를 물리치기 위해서.

아구찜

2학년 정기철

빠알간 고춧가루에
콩나물 미더덕 미나리 아귀……
온갖 종류의 양념이
둥그렇고 까만 그릇에
들어앉아 뽀골뽀골
거품을 만든다.

엄마 손길이 닿은 그 맛은
누구와도 비교할 수 없을 만큼 훌륭하다.
부끄럼 없이 자랑할 수도 있다.

아구찜은 그 손길에 의해서
하나의 작품을 만드는 것과 같이
아주 맛있고 누구나 유혹될 만큼
그 솜씨는 훌륭하다.

우리 가게에서 꿋꿋하게 사시는 엄마를 보면
나도 왠지 부끄러움을 잊어버린다.
시내에서 사 먹는 것보다
엄마가 만든 그 아구찜은
천하의 일미인 것 같다.

어머니

3학년 송석원

나의 어머니는 이상해요.
형님이 군대 가기 전까지는 형이 군대 갈 때 절대로
안 우신다고 하셔 놓고 형님이 군대 가자
그 날 밤에 몇 시간을 우셨어요.
그리고, 며칠 있다가 형님의 옷과 다른 것들이 소포에
오자 어머니는 주소를 들고
막 우셨어요. 어머니는 나보다
형이 더 좋은가 봐요.
며칠 전에 물어 보니
어머니께선 내가 군대 가면
더 울겠다고 하십니다.
왜냐고 물었더니 막내기 때문이랍니다.

돈

2학년 문성수

이 집 저 집 돈 빌리러 가는 어머니.
생활비가 다 떨어지면 이 집에 돈 빌리러 가고
내가 학교에 돈을 얼마 가지고 가면 요 집에 빌리러 가고.
나는 생각한다. '이노무 돈 돈, 이 세상에서 없어졌으면
좋겠네.'
돈이 있으니 부자가 되고 돈이 없으니 가난하다.

나는 생각한다. 내가 커서 돈 없는 나라로
바꾸든지 아니면 부자 나라로 만들든지
둘 중에서 하나만이라도 만들었으면 좋겠다.
어머니가 이 집 저 집 돈 빌리러 가면
내 마음은 아파진다.
어떤 때는 학교에 다니지 않고 돈이나 실컨 벌어서
우리 어머니 호강 한번 시켜 봤으면 좋겠다.
'그노무 돈 돈 돈…….'

세찬 비에게 빌었던 소원

2학년 신성학

아침이었다. 난 그 날도
언제나 버릇처럼 되어 버린
나의 행동을 또 다시 되풀이하고 있었다.
창 앞에 섰다.
온 천지라도 삼켜 버릴 듯한
기운 찬 비가 억수같이 쏟아지고 있었다.
난 비에게 눈을 감고 간절히 빌었다.
비야!
울 엄마 아픈 데 깨끗하게 씻어 내려 주렴, 씻어 내려
주렴.
몇 시간의 수업을 마치고
다시 그 창 앞에 섰다.
이젠 그 세찬 비는 온 데 간 데 없이
봄이 제 자랑을 하듯
난 또 한 번 생각했다
울 엄마 마음도 몸도 언젠가는

근심 없는 이 하늘처럼 깨끗하고 쓰라림 없는

그런 마음으로 가꾸어 드려야지…….

아버지의 주름살이 늘어 갈 때면

2학년 김학세

아버지의 얼굴에 살이 없어진 지 오래다.
나 하나 먹여 살리기 위해
50대에 접어들어 가시면서도
기름옷 입으시고
도방일 하시는 아버지.

이리 뛰고 저리 뛰고 높은 뱃전을
오르내리시는 아버지.
흔들리는 배 안에서 주무시며
배멀미도 하셨겠지.
이젠 아버지 손에 장갑이
벗겨질 날이 없다.

어젠 아버지를 보았으나
얼굴을 들어 아버질 바라보지 못하였다.
주름살이 하나하나 늘어만 가고

나이 들어 힘 못 쓰시는 아버지.

눈치 없는 아들 덕에
친척집에선 욕만 들으시는 아버지.
그래도 아버진
전부 애비 탓이지 하고 돌려 버리신다.

아버지의 등뼈는 점점 휘어 가고
생활은 자꾸 빚에 쪼들리는데
용기를 잃지 않으시는 아버지를 바라볼 땐
내가 어떻게 '용기'를 잃어버릴까?
생각도 많이 했다.

아버지 주름살은 늘어 가고
세월은 멈춰 주지 않는데
이대로 세월이 흐르면 오래 못 사실 분이다.

50대에 접어드신 아버지께서
힘 못 쓰시며 뱃전에 올라가시다
실수라도 하시면 큰일이다.

어떻게 할까?
가 버린 세월
발로 칵 차 버려도 저렇게
멀리 가지 못할 건데
손 하나 까닥 안 했는데
벌써 15년이란 긴 거리를
달린 세월을 어떻게 할까?
아버지의 주름살은 늘어 가고
이젠 생길 자리도 없을 정도로
늙어 버린 아버지의 주름살은
펴질 날이 없어라!

* 도방일 : 항구에 정박해 있는 배에 도둑이 들까 봐 배를 지키는 일.

점포 청소

2학년 장효진

조그마한 점포라도
며칠 청소하니 꾀가 생긴다.
보이는 곳만 반짝반짝.
아버지 꾸중하시네.
"이 곳은 너의 밥그릇이야.
너희가 편히 공부하기 위해서는…….
너희가 편히 공부할 때 나는 여기서
뼈가 부러지게, 쎄가 빠지도록
일을 한다.
이 세상에 편히 돈 버는 일은 없다."

* 쎄 : 혀.

아버지의 고생

2학년 하현철

아버지는 매일 저녁에 나가서
아침에 들어오신다.

나는 아버지의 공장에서
밤일을 해 본 적이 있다.

공장에 들어가면 고막이 터질 듯한
소리
코를 찌르는 공장의
매연
이런 곳에서도 밤낮으로 일을 하시는 아버지.

무거운 기계를 이리저리 돌리면
녹이 있는 쇠도
거울같이 깨끗하게 나온다.

이런 고통 속에서도 참고 또 참아
우리를 위해 밤낮으로 일을 하신다.

기다림

3학년 마기열

아버지는 언제 오실까?

고기를 많이 잡아 오신다고 늦으실까?

궁금하다.

오늘은 꼭 오신다던데

시간이 지나도록 왜 안 오실까?

혹시 물에 빠져서 병이 나셔서 앓고 계시는지 걱정이다.

그것이 내 마음 한 가슴을 '쑥' 쑤신다.

수평선 저 멀리 바라보니 배 한 척이 통통통거리며 온다.

저 배가 아버지 배는 아닐까?

아니면 어쩌지 하고 또 마음이 철렁거린다.

배가 가까이 오자 아버지 배는 아니었다.

또 시계를 바라보면서 수평선을 바라보았다.

또 배 한 척이 온다.

바다 중간에 오자

누가 손을 흔들었다.

그걸 본 나는 아버지인 줄 알고 나도 손을 흔들면서

울고불고하였다.

아빠의 얼굴

2학년 성경수

이리 저리 뛰어서 놀다 보니
해는 아쉬운 듯
낮은 기와집 지붕 위로 가라앉는다.

집으로 와 공부하다 지겨워
밖으로 나와 까아맣게
높은 하늘을 쳐다보니
큰 달님은 둥실둥실
내 앞에 웃으면서 내려다본다.

한참 동안 쳐다보다 두 손 모아
눈 감고 소원 비니
외로이 떠오르는 아빠의 얼굴.

눈을 뜨고 달을 보니
그러나 웃으면서 멀어지는 저 달님 속에
위로해 주시는 아빠의 얼굴. 아빠의 얼굴······.

부모님

2학년 천명조

엄마

누나가 맹장염이래요.

누나가 병원에 혼자서 가서 진찰을 받았는데

그깐 12,000원이 없어

누나를 병원에서 데려오지 못하고 몇 시간이 지난 지금도

병원에서 시름시름 아파하고 있어요.

할머니도 12,000원 때문인지

내가 할머니 댁에 가서

"누나 좀 데려다 주세요."라고 말했는데도

병원에 가서

전화를 걸으라고 하세요.

병원에서 원장 아주머니가 전화를 걸었는데

누나를 데리러 와 주지 않는군요.

금방 옆집 아주머니가

누나한테 갔습니다.

어머니 아버지

안 계시는 것을 여기에서
한껏 맛보는 것 같군요.
어머니 아버지
매일 돈 좀 보내라고
전화 거는 저희들이 부끄럽군요.
엄마 아버지, 같이 있으면 좋겠습니다.

가난이 무슨 죄란 말인가

3학년 조철호

어머니께서는 죽도록 일하고 왜, 돈을 못 받느냐고.
아버지께서는 내가 안 받고 싶어서 안 받느냐고.
요새는 우리 집이 불경기라
진짜로 끼니는 물론이고
우리들 차비도 겨우 어머니께서 대신다.
아버지께서는 내내 노시다가 요번에 겨우 일자리 얻어
일하시는데
이 회사가 돈을 준다 준다 해 놓고 안 줘서
어머니께서는 내일 아침은 굶을지 모른다고 하시며 싸
운다.
두 분이 싸우시다가 어머니는 우신다.
"내 전생에 무슨 죄가 있기에
이렇게 살아야만 하나." 하신다.
그 말을 들으니
나도 눈물이 난다.
가난이 무슨 죄란 말인가.

그렇게 생각할수록 나는 나라도
공부를 열심히 해서 어머니 아버지를
기쁘게 해 드리자고 결심한다.

할머니의 고생

2학년 조완철

겨울 하면 제일 먼저
할머니 생각이 난다.
불편하신 몸으로
산에 가서 나무를 하신다.

그것도 바람이 안 부는 산에는
가지가 떨어지지 않는다고
찬 바람이 부는 산으로 가시는 할머니.
고집 세고 욕심 많고 고생 많으신 할머니.

나는 할머니를 말려도 소용이 없다.
집에는 나무가 많은데
나도 매일같이 산에 가서
썩발 쭝굿대 등을 해서 많이 있는데.

할머니 말씀은

"입산 금지가 되면 나무를 못 해요."

그래서 지금 많이 해야 된다고 하신다.

그리고 자기 몸을 생각하지 않고

매일같이 고생하신 할머니.

* 썩발 : 가지를 잘라 낸 썩은 나무둥치.
* 쫑긋대 : 마른 나뭇가지.

우리 누나들

2학년 이현용

우리 누나는 참 착하고 온순하다.
나를 위하여 세 분 누나들은 진학을 포기했다.
큰 누나는 대학을, 둘째 셋째 누나는 중학교만 나오고
고등 학교는 나오지 못했다.
공장에서 밤낮 일하다 돌아오면 얼마나 고단한지
코를 골면서 잔다.
아침 새벽 찬바람 맞으며 공장으로 간다.
공부를 하지 못하는 괴로움, 고단하고 피곤함을
오늘도 참고 견디며 열심히 일하고 있다.
아무런 불평 한 마디 하지 않은 채
나를 위해 희생하고 있다.
저 세 분 누나들이 다 못한 공부를 위하여 노력해야겠다.
그 길이 누나들에 대한 보답인 것 같다.

울고 하는 숙제

3학년 문성수

밤이 되자 밖에서 놀던 동생이 집에 들어와서
공책을 펴 놓고 실눈으로 연필을 쥐고 하품을 하며
글자 한 자 한 자 쓰고 있었다.
어머니께서는 동생을 막 꾸중하고 매를 들고 때리셨다.
나는 그 모습을 가만히 보고만 있었다.
숙제를 한참 하던 동생이 조금 뒤 나에게
"오빠야! 숙제 좀 해 주가." 하고 간청했다.
나는 못 들은 척 이불 속으로 숨었다.
그 때 동생이 울던 모습이 아직도 기억에 남는다.
어머니께선 좀 해 주라고 하셨지만
나는 동생이 스스로 자기 것 자기가 하는 습관을 기르기 위해서 참았다.
만약 그 때 내가 동생의 숙제를 해 주었으면 자꾸 해 달라고 할 것이다.
동생이 나에게 원망할까 봐 걱정된다.
제발 이 오빠의 마음을 알아줬으면 좋겠네.

*해 주가 : 해 줘.

고종 사촌 형님

3학년 박재원

고종 사촌 형님은
형님에 비해서 나이가
많은 편이다.
정확하게는 잘 모르나
대강은 알고 있다.
34살쯤 되는 것 같다.
이 형님은 얼굴에
흉터가 많이 나 있다.
연탄 차를 몰다가 사고를 내서
얼굴에 상처가 많이 났다.
형님은 술을 잡수시면
성질이 고약하다.
이런 글을 쓰면 좀 미안한 생각이 든다.
결혼을 해서 살다가 부인이
600만 원이나 빚을 내서
도망가 이런 고약한

마음이 생겼나 보다.
이런 고약한 형님은
교통 사고를 내서
논밭을 다 팔아 버려서
고모의 집은 지금은 전에보다
넉넉하지 못하다.

손뜨개질

2학년 김우근

우리 형수님은 매일 손뜨개질을 한다.
뜨개질로 새 옷을 짜 입는다.
이번에 짠 옷이 누구에게 돌아갈지
우리 집의 어른과 아들딸 없이 모두
자기에게 돌아오기를 빈다.
형수님은 차례차례 열심히 뜨개질을 하고
우리는 열심히 자기에게 오기를 빌고,
드디어 옷을 한 벌 짜니 조금 잘못 떠서
나에게 그냥 입으라고 하였다.
나는 무척 기분이 나쁘다.
하필이면 나에게 잘못 짜진 것을 주실까?
드디어 또 하나를 짜기 시작하였다.
식구들 모두가 자기 것이라고 우긴다.
이번에는 형수님의 '자기'에게 주실 것 같다.
지금의 뜨개질은 거의 다 되어 간다.
나는 나에게 오지 않을 것을 안다.

그래서 나는 바라지는 않고

얼마나 잘 되었는지 보기만 한다.

제발 뜨개질이 잘못되었으면 좋겠다.

그러면 또 나에게 돌아올지 모를 일이기 때문이다.

드디어 앞뒤 판을 매었다.

그리고 팔과 목 부분만 짜면 완성이다.

지금 계속 짜고 있는 중이다.

어떻게 될지 궁금하다.

꼭 실패를 해야 나에게 돌아올 것인데

그렇게 실패하기가 힘들 것 같다.

물 지기

2학년 문남실

일어나면
나에게 맡겨진 중요한 일
물 지기.

우리 집은 산과 가까이 있어서
수도 시설 없는 동네에서 사는
나는 불행한 사람이다.

물을 질 때에는 여러 사람들이
줄을 서서 표에 선을 긋고 나서
물을 질어야 하는데
나는 물 지기가 싫어졌다.

형님과 아버지께서 계신데
왜 내보고 물을 질으라고
하실까?

나는 물 지기 싫다.

언젠가 나는 물 지기가 싫어서

학교에서 늦게 간 일이 있었는데

집에 가니 장독에 물이 비어서

물을 질으면서 물지게를 부시고 싶은 심정이었다.

늘 어머니께서 말씀하신다.

"돈을 많이 쓰지 못하면 물이라도 많이 써야지."

빨리 수도 시설이 되었으면 좋겠다.

헌 신발

2학년 배명환

아 신발이 다 떨어져 가는구나.
어쩌면 좋을까?
어머니께서 이걸 보시면
어머니의 눈에는 눈물이 글썽.
신발을 또 다시 고칠 수 없고
신발만 떨어지면
어머니 생각이 먼저 드는구나.

아 신발이 다 떨어져 가는구나.
어쩌면 좋을까?
어머니 눈에 뜨이면 어쩔까.
세상에서 신발은 헌 신발이
되지 않았으면 좋으련만.

큰 신발

2학년 강성철

어느 시골 장터에 나가신 어머니께서
찔긴 신발을 사 오셨다.
신어 보니 너무 커서 신을 수가 없어
헌 신발을 계속 신게 되네.

어머니께선 "너 발이 커질까 봐 큰 것을 사 왔는데." 하시며
안타까워하시는데

새 신발을 그렇게 신고 싶은 동생도
"괜찮아요, 어머니." 하며
장에 가서 사 온 물건을 뒤적거렸다.

그 동안 헌 신발을 신다가 며칠 가지도 않아
다시 큰 신발을 신어 보기도 하고 만져 보기도 한다.
"왜 이리 발이 커지지 않지."
큰 신발이 빨리 신고 싶어 애타는 동생.

새 신발

2학년 윤영일

여기저기 빵꾸 난 헌 신발.

엄마 새 신발 사 줘.
돈이 없구나.
곗돈도 내야 되고 또 수도세, 전기세, 변소세…….
또 그 소리
어느 새 울상이 되어 버린 목소리.

저녁밥도 안 먹고
새 신발 타령.

다음 날
시장에 다녀오신 어머니의 장바구니 속의
예쁜 새 신발
야 좋다.
새 신발 신고 뛰어나가는 동생.

쓴 웃음 지으시는 어머니의 입가로

흘러나오는 긴 한숨.

시집

2학년 김춘석

우리 옆집 누나 시집 가지.
좋은 신랑 만나 시집 가지.
아줌마는 시집을 보내고 울지.

우리 엄마 아줌마 눈물 달래지.
내는 커서 우리 엄마 모시고 살지.

우리 집 화장실은 바빠요

2학년 함우창

아침에 일어나면 화장실에 가기가 바쁘다.
먼저 가야지만 일을 볼 때가 많다.
늦게 일어나면 일을 못 볼 때가 많다.

식구가 많은데다 화장실은 하나.
화장실도 다 떨어진 화장실.
이층 주인은 좋은 화장실.
우리는 참으로 불쌍한 인간이다.

쥐꼬리만 한 우리 집

2학년 문성수

동생은 다른 아이들 집을 보면 한없이 부러워하네.
동생은 어머니보고 이층집에 이사 가자 하지요.
나는 철없는 동생을 때리지요.
어머니께선 하나밖에 없는 여동생을 왜 때리니 하고 야
단만 치셔요.
나는 어머니의 속마음을 알고 있어요.
집은 달셋방이라서 다달이 집세를 내야 하는데
동생이 자꾸 이사 가자고 해서 "돈 벌면 되지." 하고 말
하지요.

동생은 지가 크면 큰 집을 사서
아버지 어머니를 편안히 모신다고 하지요.
어머니와 나는 눈물도 흘리지요.
철없는 동생이 저런 생각을 하다니…….
이처럼 우리 집은 작지만 행복과 사랑은
꽉 차 있지요.

작은 우리 집

3학년 신광호

한차례 쏟아진 비 때문인지
먼발치의 동네가
더욱 명확히 깨끗이 보인다.

나는 눈을 굴려 우리 동넬 찾았다.
크고 작은 얼룩달룩 집들이
옹기종기 모인 우리 동네.

동네 집들 중 큰 집들 사이에 갇혀 버린 작은 우리 집.
아무리 찾으려 해도 보이지 않던 우리 집.

그러나 보인다. 작은 우리 집이
비록 지붕 끝만 보이지만.
풀밭에서 바늘 찾는 기분이다.
작은 우리 집을 보니
괜시리 앞뒤 양 옆에 가로막고 선
큰 집들이 얄밉다.

집

2학년 김상조

내가 사는 집 부유하진 않지만
검소하게 산다.
누구도 부럽지 않다.
그러나 병이 나면 고칠 수 없다.
이것 빼놓고는 다 좋다.
우리 어머니 아버지도 아이들도 누나들도
다 좋다.
어느 대통령이 와도 부럽지 않다.
나의 생활을 하면 된다.

우리 집에서 본 바깥 풍경

2학년 허송회

우리 집은 학교 건너서 있는 3층 집이다.

제일 먼저 보이는 것이 이삿짐 센터다.

그 앞에 고물상이 있다.

대평 초등 학교도 훤히 보인다.

우리 집 앞에는 공장이 하나 있는데

시끄러워서 우리는 잠을 못 잔다.

그럴 때면 아버지는 화를 내신다.

그 공장에는 일하는 누나들과 형들이 참 많다.

우리 아버지는 그 공장들이 없어져야 한다고 한다.

그러나 그 공장들이 없어지면

그 누나들과 형들은 어디로 가야 옳단 말인가!

아무리 시끄럽다고 하여도 우리는

누나들을 위하여 참아야 한다.

그것이 우리 식구가 할 이웃돕기인 것이다.

3부

자갈치 아지매

아침의 자갈치 풍경

3학년 정우철

차를 타고 학교로 가면 언제나 보이는 자갈치.
길가에는 할머니들이 고기 상자 놓고 앉아 계시고
상점에는 아저씨 아주머니들이 상품을 정리하고
리어카를 끌고 이쪽 저쪽 다니시는 분들.
모두가 얼굴엔 미소는 없지만
그래도 일할 때의 모습은 똑같으신 분들이네.
어린 아들의 머리를 빗겨 주며 학교에 보내는 어머니와
손자들에게 동전을 쥐여 주는 할머니와
리어카 앞에서 인사하는 아들들
모두가 생활은 쪼들리지만 언제나 즐거우신 분들이네.
밝게 비치는 햇살을 받으며
물씬 풍기는 비린내를 맡으며
지금도 열심히 일하시는 분들이 생각이 나네……

자갈치 아지매

3학년 이광훈

새벽의 공기를 마시며
오늘도 고달픈 몸으로 일어난다.
광주리에 고기를 담고
오늘도 시장으로 나간다.
몸은 아랑곳하지 않고
그 더러운 돈을 벌러 나간다.

오후에도 계속 있다.
저녁때까지도 계속 있다.
앞에서는 깨끗한 양복을 입은 사람이
자가용을 굴리며 지나간다.
얼마나 돈이 많기에
얼마나 떳떳하게 벌었기에
얼굴색 하나 변하지 않고
지나가는가.

오늘도 고기 몇 마리를

남겨 가지고

쓸쓸한 밤길을 걸어간다.

자갈치 아지매

3학년 문성수

밝아 오는 아침 햇살을 보며

아지매는 오늘도 자갈치 마당으로 걷는다.

다라이를 머리에 이고, 자리를 잡으려 사방 곳곳을 찾

는다.

오늘도 아지매는 경비를 피해

자리세도 안 내고, 구박도 안 받았다.

경비에게 잘못 걸리면

다라이도 생선도 할 것 없이 주차고,

그거마저 못 참아 심한 욕까지도 하는 것을 나는 보았다.

참, 말문이 막힌다.

그러나 아지매는 서러움과 안타까운 마음을 꾹 참고

비린내 나는 생선에 손을 적신다.

그런데 안타까운 것은, 차가운 바람마저 아지매를 괴롭

히는 것이다.

역시 아지매는 꾹 참고

생선을 한 무더기 한 무더기 쌓는다.

그리고는 아지매의 목에서 힘찬 힘줄이 튀어나오고는
"자! 고등어, 갈치 사 가소." 하고 소리지른다.

*다라이 : 함지.
*주차고 : 함부로 힘껏 차고.

우리 동네 아주머니들

2학년 김화빈

우리 동네에는 억척같은 아주머니들만 산다.
아침 일찍부터 일어나서 밥을 하고,
또, 얼마 안 가 일터로 나간다.
페인트를 칠하는 아주머니.
모래를 담아 머리에 이고 나르는 아주머니.
이 아주머니들은 한 푼이라도 더 벌기 위해,
아무리 먼 일터라도 걸어간다.

이 아주머니의 이마는 쭈굴살로 쭈글쭈글하다.
흰머리가 많으신 아주머니도
모두 일터로 나가 일을 한다.
그리고는 저녁에 온다.

정말 우리 동네 아주머니들은 억척같다.
일요일에도 일을 한다.
쉬는 날이라곤 일거리가 없는 날뿐이다.

손수레 장수 아주머니

2학년 이종원

길가에서 "귤 사이소." 하는 소리가 들린다.
등에는 아이를 업고,
가는 손님마다 "귤 사이소." 하는
애틋한 목소리가 들린다.

아기는 어머니가 고생하는 것도 모르고
마냥 길가를 훑어보고 있다.
아주머니는 좀더 팔려고 열심히
열심히 외치고 있다.

배추 장사

3학년 박병영

배추를 산더미처럼 쌓아 놓고
배가 출출하면
무시 하나 칼로 깎아 베어 먹고
바람 불어 추우면 털목도리
더 높이 세우고 움츠리며
손님 오길 기다리는 저 아주머니.
어쩌다 손님이 오면
배추 하나 꺼내 칼로 반 푹 갈라
얼마나 싱싱하고 좋으냐고 말한다.
바람 불어 빨개진 코, 빨개진 볼.
떨리는 손으로 돈 받아 돈주머니에 넣고
다시 손을
돈주머니 밑 따스한 곳에 넣는다.
입김으로 한 번 불었다가
손을 한 번 비볐다가
또 손님이 오면 배추 싱싱한 걸 꺼내

반으로 뚝 쪼개어

다시 연설한다.

봉래동 시장 담벼락 밑에 앉아

배추 파는 저 아주머니.

배추 많이 팔리길

나는 빌 뿐이다.

*무시 : 무.

똥 푸소 아저씨들

2학년 김인호

똥 푸소 아저씨들은 언제나 보면
힘있고 남부러워하지 않고 똥을
지어다 나르시네.

다른 사람에게 그 일을 시키면
그 사람들은 "아이구, 더러버라." 하고
침을 뱉을 것이다.

똥 푸소 아저씨들은 몇 년간이나
그 일을 하여 왔는지
다리에는 근육이 춤을 추고
입에서는 "한 짐이요." 하고 말씀하시네.

그 아저씨들 입에서는 "똥 퍼." 하고
우리는 "안 퍼." 하고 놀리기도 하네.

똥을 다 지어다 나르면 상점에 가서
비싼 술을 안 드시고
우리 고유의 막걸리를 한 잔씩 드시고,
더욱 힘을 내어 걸어가시네.

우리 동네

3학년 정홍주

밑으로는 바다
위로는 고물상이 쭉 늘어선 우리 동네.

그것도 담이라고 양철 판으로 쌓아올린 담벼락
금방이라도 녹이 슬어 무너질 것만 같은 담벼락
플라스틱 고물, 종이 고물,
온갖 고물이 산더미처럼 쌓여 있는 고물상
구루마로 고물을 한 수레 해 온 아저씨와
고물상 주인의 입씨름이 여기서 벌어진다.
박상 장수 아줌마도 여기서 한몫한다.
어디서 매일 고물은 생겨나는지
매일매일 쌓여 가기만 하는 고물
우리 동네는 고물 동네다.

바다에서 짐을 나르시는 아저씨들
옷을 벗어 버린 몸에서는 송글송글 땀방울이 맺혀 있다.

어깨에는 퍼런 못이 박혀 있다.

먹고 살기 위해 바쁜 우리 동네는 하루라도 쉴 날이 없다.

*박상 : 튀밥, 튀긴 옥수수.

철공소

3학년 박정기

우리 동네에는 철공소가 여러 곳 있다.

나는 학교 갈 때나 올 때

그 곳을 지나 온다.

안을 보면

시꺼면 벽에 시꺼면 기계와 시꺼면 사람들이 있다.

그 사람들은 키가 다양하다.

작은 키와 큰 키에

나이도 어린데 벌써 철공소에서 일을 한다.

용접공을 본다.

용접공은 그래도 나이가 30대 정도다.

불꽃이 튄다. 그래서 그런지

그 용접공은 얼굴에 점이 많다.

모두가 살려고 노력한다.

그러나

나는 아무 노력도 없이
먹고 입고 자란다.
내가 어른이 되면
우리 어머님만은
꼭, 같이 잘 살아 보겠다.

공사장

2학년 이건식

학교 건물 지을 때
우르릉 쿵
집 지을 때에도
우르릉 쿵
우르릉 쿵 우르릉 쿵 하고 나는 소리가
나의 마음까지 울리게 한다.
레미콘 차가 와서
싸르르륵 하고 시멘트 한 차 다 쏟아 놓으면
거기서 일하는 인부들 바쁜 듯이 달려드네.

3층까지 벽돌 날라 주는 아저씨들
위험한 길을 오르락내리락하네.
내부 청소를 하는 아주머니들
어쩌면 받쳐 놓은 나무가 쓰러져
다칠 줄도 모르는데
돈 몇 푼 벌겠다고

위험을 마다지 않고 일하고 있네.

자랑스런 자기 자식들을

먹여 살리기 위해

위험을 무릅쓰고 일을 하고 있네.

대장장이들

2학년 민병헌

밝아 오는 문명 밑에서도
오직 쇳덩이에만
의지하는 대장장이들이
여름의 뙤약볕 속에서도
겨울의 찬바람 속에서도
굴하지 않고 살아와
실로 비겁함에서도
헤쳐 나와서
오늘에 이르렀다.
추운 겨울날에도
설렁이는 가슴 속을
쇳덩이처럼 빨갛게 달구어
뜨거워
터져 나오는 소리를
양 손에 담고
한 번 내리칠 때마다

굵은 휴전선을 내려쳐
일그러 놓겠다는
대나무의 마음으로
열심히
오늘도 쇳덩이를 친다.

군고구마 할아버지

3학년 주성진

머리엔 다 찌그러진
빵모자 쓰고,
손에는 누우런
목장갑 끼고,
모락모락
구수한 군고구마 연기 피우며,
초라한 드럼 통 앞에
앉아 있는 군고구마 할아버지.

어떤 이들처럼
값진 털 코트는 없어도,
또, 어떤 이들처럼
따스한 털신발 하나 없어도,
뜨끈뜨끈한 군고구마를
낙으로 삼고 살아가며
모진 고난을

헤쳐 나가시는
군고구마 할아버지.
다 익은
군고구마 하나하나를
손님에게 파시는
군고구마 할아버지.

젊을 때 열심히 일하여
아들을 공부시키고,
또, 장가까지 보내 줬더니,
이제는
그런 아비 내 몰라라 하며,
이 군고구마 길로
쫓아 내던
자식을 생각하며,
오늘도 매서운 찬 바람 맞으며,

묵묵히
드럼 통에 손을 얹는
군고구마 할아버지.

올해도
다음 해도
또, 그 다음 해도
군고구마 할아버지
이 세상 끝 날까지 만수무강하십시오.

구멍가게 할아버지

2학년 천원태

우리 집으로 갈 때 구멍가게
할아버지가 있다.
구멍가게 할아버지는 10원짜리
50원짜리 등을 팔고 있다.

구멍가게 할아버지는
어쩔 땐 불쌍하기도 하지만
어쩔 땐 얄밉기도 하다.

구멍가게 할아버지 집에는
20원짜리 뽑기가 있는데
얄밉게도 좋은 것은
빼 버리고 나쁜 것만
남가 놓는 얄미운 할아버지.

하지만 이해를 해 주어야지
살기 위해서 발버둥치는 할아버지.

보리밥

3학년 민병헌

오랜만에 시내 구경을 하며 다니다가
문득 배고픔을 느꼈다.
짜장집에 갈까
우동집에 갈까
이래저래 다니다가 문득 커다란 빠알간 천에 흰 글자로
쓰여진
보리밥이란 글자.
아직 순 꽁보리밥은 먹어 보지 못한 난
헐고 헌 집의 문을 개구리 뛰듯 들어가
누군가가 말한 고소한 보리밥을 먹어 보았다.
양 옆엔 큰 아저씨들이
일을 다 하시고
이 의자 저 의자에서
맛있게 드시고 있었다.
잠시 뒤엔,
나의 자리에도 보리밥이 놓였다.

여기저기 내 옆엔 날품팔이 아주머니들,

고기를 나르는 아저씨들,

모두모두 모여서

어떤 이는 마치 손에 박힌 꾸둥살을

아주 멋진 옷처럼 자랑하듯 하는 것도 보였다.

그래, 그것은 자랑이야.

돈보다도 지위보다도

더더욱 큰 자랑이야.

찢어져 꿰매어진 옷도

고기 물이 들어 얼룩진 얼굴도

모두들 자랑이야.

옆에서 큰 소리로 웃는 어느 한 아저씨의 웃음이

높은 지위, 많은 돈을 가진 이들보다도

더더욱 당당한 웃음이었다.

나만 잘 살면 그만이라고 하는 이들의 손보다도

겨울엔 트고 사시사철 손바닥에 꾸둥살이 박힌 손들이

왠지 당당한 웃음의 손 같아 보였다.

내 눈 앞엔 아직 보리밥이 놓여 있다.

모락모락 김이 나는 보리밥이.

난 한 숟갈의 보리밥과 배추김치를 입에 넣으면서

겉으로는 하얗고, 보기 좋고, 속은 영양 별로 없는 흰 쌀
밥보다

겉은 까맣지만 그래도 영양이 매우 많은 보리밥이 되겠
다고 생각하며

꼭꼭 씹어 먹었다.

* 꾸둥살 : 굳은살.

대순

2학년 김형식

대순은 처음에 자라서 대나무가 된다.
아이들은 남의 대나무 숲으로 가서
그 중에서도 대순을 먼저 찾는다.
대순들이 아이들의 손에 뽑히기 싫어서
한 구석에 작게 피어난다.
그래도 아이들은 눈이 너무 밝아서
대순을 잡아당긴다.
그러나 대순은 뽑히지 않으려고
안간힘을 쓰지만
아이들의 힘에는 당할 수 없어
쭉쭉 뽑히고 만다.
그러나 대순이 어느 때에 나서
또 자란다.

*대순 : 죽순.

감

2학년 하치덕

작년 우리 집 감이
무르익어 갈 무렵
동네 꼬마들 모여
감을 따려고
그 작은 체구에
담을 기어 올라왔다.
아직 익지도 않은 감을
몇 개 따서 먹었으니
매우 떫었을 것이다.
익은 다음에 하나씩
따 주어야 하는데.

가을

2학년 이종원

이제 가을이 시작된다.
"이번 가을에 농촌에는 대풍작이다."
그러나 그렇게 생각되지 않는 것 같다.

요사이 멸구 때문에 농약 값을 많이 쓴 것 같다.
그것에다 또 비가 많이 와서
나락이 쓰러져서 나락을 베기가
어렵게 되었다.

도시 사람들은 이번에는 풍작이라면서
그렇게 말을 하지만
촌놈인 나는 그렇게 생각하지 않는다.

TV 뉴스에도 나락이 잘된 것만
보여 줬지 잘못된 것은
보여 주지 않았다.
이런 일이 있어서는 안 되겠다.

어리석은 나무

2학년 주성진

평화롭고 고요한
울창한 숲 속에 살다가
인간 세상이 좋다고
인간 세상이 좋다고
여태껏 같이 비 맞고 눈 맞고 자란 친구들과 헤어져
숲 속 고향 떠나 인간 세계로 떠나는
불쌍한 나무.
제 몸뚱이 열 동가리 스무 동가리
갈래갈래 잘려져도
장식품에 쓰이는 것이 그렇게도 좋다고
차이고 날아가고 부서지고
그것으로도 부족해서 천지 고물로 되어도 좋다는
불쌍한 우리 나무들아.
옛날 옛적부터 살 권리 받고 태어났다지만
좀 똑똑하고 좀 살찐
인간의 노예 생활을 하는 우리 썩어빠진 나무들아.

그런 썩어빠진 인간의 노예가 될 바엔
차라리 나무들아, 썩 불타 없어져라.

정자

2학년 민병헌

시골구석에 처박혀서
흐르는 강물을 바라보며
외로이 서 있는 정자.

썩어 버린 나무 위엔
거미줄이 한 가닥 두 가닥
이리저리 처져 있고
더 큰 나무의
가을맞이 나뭇잎이
눈 서리듯 서려 있는
썩은 나무 정자.

어느 높은 가문이나 벼슬을 자랑하던 이들이
이 곳에서 술이나 퍼 마시고는
신선놀음이나 하고 있고
가난한 이들은

정자 밑
떨어진 나뭇잎만 주워 모으고
밤이면 등불 들고
정자 옆을 스쳤다.

해는 지고 비가 내리고
눈이 오고 해가 뜨고
세월은 흘러가

아직도 낙동강 물 바라보며
정자는
외로이 서 있다.

구름

1학년 최민호

우리 할매가
그립고 보고 싶으면
구름은 내 마음을 알고
우리 할매
모습을 그려 준다.

우리 이모가
그립고 보고 싶으면
구름은 내 마음을 알고
우리 이모의
모습을 그려 준다.

목숨

2학년 박정기

개미도 목숨이 있고
파리도 목숨이 있다
그러나 우리는 이런 목숨을
소중히 하지 않는다.
개미도 막 죽이고
파리도 막 죽이고
그 죽은 개미의 혼이 나타나고
그 죽은 파리의 혼이 나타난다.
그 혼이 많아서 안 없어지고
그 혼이 한이 되어 나타난다.
아! 가엾은 혼들
그 혼들은 지금도 지구 방방곡곡에서 울고 있을 것이다.

입갑

2학년 이상표

웬 아이가 입갑을 파고 있다.
호맹이로 땅을 파면 입갑은
자기가 파 놓은 길로 도망치다가 결국에 잡힌다.

입갑은 깡통에 담겨져
어린애가 가는 데로 따라간다.
입갑은 죽는 것도 모르고 간다.

어린애는 낚싯바늘에 입갑의 몸을 끼워
대나무 낚싯대로 멀리 던진다.

잠시 후 입갑은 물고기의
입에 들어가 올라온다.

어린애는 물고기를 떼어 내고
토막토막 죽어있는 입갑을 아무 데나 던진다.

입갑은 낚시하는 데

이용물만 되고

허무하게 죽는다.

* 입갑 : 미끼용 지렁이.

파리

2학년 김영규

겨울이 되니 파리가
천장에 붙어 꼼짝하지 않는다.
나는 파리채로 파리를 잡았다.

여름에는 잘도 도망가다가
지금은 아예 꿈쩍도 안 한다.

그래서 내년 여름에 보자 하고
파리를 그냥 두었다.

말라서 죽은 쥐

2학년 박재원

나는 말라서 죽은 쥐를 보았다.
아주 비참하게 죽어 있었다.
돌멩이 밑에 끼인 채
말라 죽어 있었다.
나는 그 죽어 있는 쥐를
돌멩이를 가지고
묻어 주었다.
우리에게 나쁜 짓을
많이 했지만
그래도 나는 마음이 아팠다.

놀잇감이 된 죽은 참새 한 마리

3학년 김병수

교실 한쪽에서는
얼씨락절씨락 젖 먹은 힘을 빼 가면서
팔씨름을 하는데

어느 한 아이는 죽은 참새를 가지고 온다.
이것을 던지고 다른 아이 손에 쥐도록 한다.
깜짝 놀란 아이 집어던지고
아이들은 좋다고 와 몰려온다.
그 참새가 불쌍해진다.
어찌 우리 손에 들어와
어찌 우리 손에 들어와
그만 저렇게 모욕을 당해야 할까?
죽었다고 묻어 주는 자손 없이 누구 하나
슬퍼하는 새 없이 외로이, 길바닥에 쓰러져
바람마저 그를 버리고 홀랑 휙 지나가 버린다.
그 참새 한 마리 아무리 우리가 흔히 보는 참새라지만

어찌 저렇게 할 수 있을까?

사람 손에 죽어서, 사람 손에 죽어서도 억울한데

또다시

사람 손에 쥐여, 사람 손에 쥐여

그만 놀잇감이 되고 마는 저 인생

정말 저렇게 되려고 이 세상에 태어났을까?

저렇게 되다가,

저렇게 되다가,

그만 그 참새 쓰레기통에 들어갈지,

누구 집 지붕에 떨어질지,

간장 통에 빠질지, 사람 발에 밟힐지,

아까운 저 인생

낙엽같이 서로 붉은 걸 뽐내고

그만 져서 땅에 떨어지는 낙엽과

무엇이 다르랴

아! 나라도 묻어 주고, 슬퍼해 주고

극락으로 가는 걸 보고 싶구나.

그 참새의 짹짹짹 소리가

점점 희미해지는구나!

짹 짹 짹—

짹 짹 짹—

죽은 병아리

1학년 이병기

시장 가게에 쌓여 있는
죽은 병아리.

온몸은 알몸에 피가 엉기어
병아린지 참샌지
알아볼 수 없다.

다 커서 닭이 되면
잡아먹지.

사람 약이 된다고
저 귀여운 병아리를
죽일까.

사람들이 원망스럽다.

짝 없는 새와 나

3학년 신광호

비 오는 오후 해질 무렵에
이름 모를 새가 전선에 앉아 있었다.
내가 움직여도 날아가지 않았다.
날개는 비에 젖어 떨고 있었고
우는 소리는 어딘지 모르게
처량하게 들린다.

새 옆에 아무도 없었다.
옆에서 같이 울어 줄 친구 새도
세상 어디라도 따라다녀야 할
짝도……

온종일 오는 비라
그렇게 온종일 동네를 떠들썩하게 하던 꼬마들도 없었다.
다만, 들릴 듯 말 듯한 빗소리와
처량한 새 소리만 들린다.

새는 무엇이 그리운지 하늘을 쳐다보더니
푸드득 날개짓하며
그냥 날아가 버렸다.

나는 그 새를 동정했다.
짝도 친구도 없기에,
그러나, 그 새도 나를 보고
동정했을 것이다.
빈 집에 덩그러니 혼자 있는 나를…….
오늘따라 작던 우리 집이 크게 느껴진다.

보신탕 집의 개

3학년 공국진

오늘 죽을지 내일 죽을지 모르는
보신탕 집의 개.
항상 팔팔하던 개가
보신탕 집에 팔리면
개의 눈에도 눈물이 맺히겠다.
"사람들은 야비해!"
개는 속으로 얼마나 욕을 할까?
보신탕 얘기를 하면
개도 놀라서 꼬리를 들이지.
오늘 죽을지 내일 죽을지 모르는
보신탕 집의 개
죽을 때를 알았는지
낑낑거린다.
자기 주인을 원망하며
죽어 가는 보신탕 집의 개
"네가 죽으면 네가 개가 되어 봐.

내가 전생에 무슨 죄가 있기에
이렇게 보신탕 개가 되는지."
오늘도 무수한 개가
죽어 간다.
수많은 개가 맞아 가면서
죽어 간다.
눈물로 강을 만들어도 그 한은
풀리지 않으리라.

교회 탑

3학년 정우철

갈수록 높아 가는 교회 탑.
제일 높아야 예수님을 만날 수 있는지
축복과 구원을 받는지 모르나
시골의 작고 소박한 교회와
시골의 은은한 종소리가 나는 교회야말로
축복받는 교회일 거야.

오줌 골목

2학년 안우남

우리 집 앞에 어두운 골목
차를 타다 내리면 어른들은 우리 집 앞
골목으로 오지요.
그리고 "쉬." 하고 오줌 싸지요.
언제면 오줌 골목 안 될 날 있을까?

오줌 싸는 아저씨
꼬치 끊어야 된다고 생각한다.

어둠의 계단

2학년 이건식

컴컴한 아파트의 계단을 올라가노라면
계단에 깔린 황금색의 철이
달빛에 반짝여 내 눈에 들어오네.
잠시 동안 그것을 보고
문득 앞을 보자면 으스스한 화분이
나를 잡아먹을 것처럼
열어 놓은 창문으로 들어온 바람에 흔들리고 있네.
저 하늘 동쪽에 떠 있는 샛별을 보자니
어느 새 새벽이 다 가고
밝게 빛나는 아침이 오고 있구나.
문 밑으로 신문을 넣어 주고
계단을 내려오면
요란한 소리에 계단도 놀랐는지
나도 놀랐는지
구두 소리가 1층으로부터 나의 머리칼을
삐쭉삐쭉 서게 만드네.

어둠 속에 잠긴 계단은

나처럼 심심하고 외로운지

놀람과 동시에 기뻐하고 있는 것 같네.

유학생

3학년 정우철

일제 시대
그 어둡던 일제 시대에
청년들은
조국을 이끌어야 할 그들은
유학을 가네.
더 배우려고 유학을 가네.
그것도 다른 곳도 아닌 일본으로
거기서 뭘 더 배우려고
거기서 무슨 수모를 더 당하려고
부모님의 피땀을 일본 땅에 던지며
공부해야만 하는가.
그 공부가 과연 뜻있는 공부일지
알 수는 없으나
조국보다 더 중했는가.
글도 말도 사용하기 어려웠을 텐데
왜 일본으로

그 일제 시대에

일본으로 유학을 갔는지 모르겠다.

이발소에서

3학년 민병헌

학교 밑
이발소는
돈이 싼 덕으로
오늘
아주 많은 이가 와 있었다.
내 차례가 와
자리에 앉으니
싹뚝, 싹뚝 가위질 소리가
귓가에서 쟁쟁거릴 때
문득,
생각에 잠겼다.
그 어떤 부자라도
또
그 어떤 가난뱅이일지라도
이발소의 이발사 앞에서는
모두가 평등하다

그 어떤 무서운 장군일지라도

이발사 앞에 서면

꼼짝을 못 한다.

난

세상의 평등은 이발소에서

먼저 일어났지 않았느냐

하는 생각에까지 잠겨 버린다.

난 그 사실이 존경되었는지

머리가 절로 숙여지자

이발소 아저씨는 내 머리를 똑바로 세우시더니,

"이렇게 하고 있어라."고 하셨다.

이것이 시다

3학년 한영근

콩나물—180원
파—170원
두부—200원
쌀—1500원
라면—300원
돌이 과자값—200원
멸치—150원
고등어—270원

이것이 시다.
바로 이것이 시다.
생활이 알알이 들어와 박힌 이것이 시다.
엥겔 계수가 100인 이 생활이 시다.
자연보다도, 헛된 공상보다도, 숨이 없는 노래보다도
몇만 배나 뜨거운 이것이 시다.
모든 것이 활활 타는 이것이 시다.

꾸밈도, 치장도, 속임도 전혀 없는 이것이 시다.
만년필도 필요 없고
외제 펜도 필요 없는 이것이 시다.
붓도, 잉크도
필요 없는 이것이 시다.
가계부 쓸 시간도 없이, 쓸 것도 없이
바쁜 내 어머니를, 내 이웃을 생각하게 하고
나의 이 작은 가슴에 뜨거움을 한 아름 가져다 붓는
이것이 시다.

이것이 시다.
어떤 시인도 흉내낼 수 없는 이것이 시다.

남과 북

2학년 김영운

공사를 하다가 남은 모래더미
동생과 놀아 준다고 전쟁놀이를 하며
이것은 남한이다, 저것은 북한이다.
서로 각각의 기지를 만들며,
북한에 대한 이야기를 해 준다.

이야기를 들은 동생이 말했다.
"오빠야, 저것은 터지게 해라."
"안 된다. 이것과 저것이 친하게 되어야지.
그래야지만 옳은 것이야."

오늘의 꿈

3학년 한영근

어제 저녁
TV를 보다가
나는 어떤 곳으로 갔습니다.
아마, 만해 선생처럼 잠 없는 꿈을 꾼 것이겠지요.

거리로 나섰습니다.
땅이 액체에 젖어 있었습니다.
눈물이었습니다.
통일의 기쁨에 떨어진 눈물이었습니다.

그렇습니다.
방금 전 토끼는 호랑이가 되었습니다.
허리 잘렸던 토끼는 위용을 자랑하는 호랑이가 되었습니다.

거리로 나왔습니다.

분단을 아파하던 시인의 붓이 꺾여져 있었습니다.
아침이면 학교 가는 길에 모여 있던
'노가다' 아저씨들도 보이지 않았습니다.
대신 콜라병이 깨져 있었습니다.

역으로 향했습니다.
통일 기념 평양·부산 간 왕복 열차를 탔습니다.
옛날
38선이 있던 자리에는 이미 학술단의 연구가 시작되었
을 뿐
쇳조각은 보이지 않았습니다.

그리고, 그 곳에서
쇳조각들이 성능을 겨루던 바로 그 곳에서
만해의 임을 만났습니다.

만해의 임은 나에게 투덜거리며 말했습니다.

"왜, 이제야 내 찢어진 배를 꿰매는가?

왜, 이제야 내 찢어진 배에서 흐른 눈물형 피를 수혈하는가?"

그러나, 임의 얼굴은 밝았습니다.

멀리 평양역이 보였습니다.

부러진 쇳조각 위에 임의 얼굴, 무궁화가 피어 있었습니다.

그리고, 보신탕 집에서, 뱀탕 집에서, 거리의 노점상에서 먹고 마시고 웃고 있는 부산 시민과 평양 시민을 보았습니다.

다시, 열차에 몸을 실었습니다.

지쳤지만, 그러나 기쁜 내 육신을 집 안에 밀어넣고

TV를 켰습니다.

　이번 통일의 기쁨이 넘치는 여러 곳을 중계하고 있었습니다.

　그 다 부서진 흑백 TV가
　그렇게 고마웁게 느껴진 것은 처음이었습니다.

　다시 임의 얼굴이 나타났습니다.
　무수한 사람 속에서 나는 그 임의 목소리를 들었습니다.
　"내 꿰매진 배에 흉터 없애는 약을 바르는 그런 멍청한 짓은 제발 하지 마시오. 차라리, 그 흉터를 자랑스럽게 보일 수 있도록 해 주시오. 감추기보다 떳떳이 알릴 수 있는 그것이 한민족 본연의 자세요."

　다시 밖으로 나왔습니다.
　땅이 아직 젖어 있었습니다.

나는 너무 기뻐

울컥 치미는 울음을 내뱉고 말았습니다.

안타깝게도 그만 그 바람에 잠을 깼습니다.

TV에선 터지고 콩 볶고 하는 장면이 방영되고 있었습니다.

옆방의 한 꼬마는 "야! 신난다. 나쁜 놈들 다 죽어라."

하고 외치고 있었습니다.

'어떤 사상이나 비인간적인 행동을 알리는 것은 좋다.

허나, 억지로 끌려간 한 동족이 이유도 모른 채 죽어 가는

것을 보고 기뻐하게 만든다는 것은 얼마나 어리석은 행동

인가?'

꼬마의 그 소리를 들으며 이런 생각을 했습니다.

나는 계속 쏟아지는 그 쇳조각 소리를 들으며 그만 잠이

들었습니다.

아침입니다.
학교로 나섰습니다.

땅은 젖어 있었습니다.
그것은 눈물이었습니다.
하지만 그것은 통일의 기쁨에 혹은, 분단의 슬픔에 떨어진 눈물이 아니었습니다.
이미, 이 땅의 인간들은 그로 인해 흘릴 눈물이 없었습니다.

그 눈물은
남을 보다 못 눌렀다는 석차표 들고 가는 내 친구의 눈물이었습니다.
이번 인사 이동에서 떡값 좀 넣고 승진해 기뻐 기뻐 울며 가던
직장인의 눈물이었습니다.

경쟁 회사와의 큰 경쟁을 일부러 시작해 결국은 그 회사를 무너뜨리고

그룹으로 발전한 회장의 기쁨의 눈물이었습니다.

살려고 살려고 발버둥치다가 결국은 대기업에 묻혀 망해 버린

중소 기업의 한 공원의 눈물이었습니다.

태양은 다시 떠올랐고,

학교 가는 길에는 전처럼 '노가다' 아저씨들이 있었습니다.

전과 조금도 다름이 없었습니다.

배 찢어진 채 신음하는 임도 그대로요,

토끼도 호랑이는 아니었습니다.

그러나,

삶의 불길을 태우는 사람의 땀도 떨어져 있는
그 전과 똑같은 그 땅을 보며
나는 슬퍼할 수밖에 없었습니다.

글쓰기는 똥 누기와 같다

요즈음 세상에 누가 글을 써?

수업 시간에 "얘들아, 이번 시간에는 글 한 편 써 볼까?" 하면 그만 죽을상을 짓는 동무들이 많습니다. 노래 가사를 바꾸어 보게 하거나 무엇을 '패러디' 해 보라고 하면 그나마 재미있어하지요. 하지만 자기의 진정이 담긴 글을 써 보자고 하면 참 어려워한다는 말입니다. 어른들도 마찬가지입니다. 책방에서 잘 팔리는 책은 죄다 '돈 버는 방법', '공부 잘하는 법'을 다룬 책이고 시집이나 인문 사회에 관한 책은 아예 찾는 사람이 없다고 합니다. 이러니 어쩌 어른들이 스스로 일기 한 편이라도 쓸 것이라고 기대할 수 있겠습니까. 말하자면 요즈음 세상은 '시심(詩心)'을 잃어버린 시대가 아닌가 싶습니다.

지금 세상은 자본과 경쟁의 늪에 빠져 있어서 사람들은 오로지 자기 잇속만 챙기려고 합니다. 또한 정보는 넘쳐나는데 앎이 없고 지식은 많은데 깨달음이 없는 시대입니다. 이런 세상에서 그래도 우리를 살릴 수 있는 길은 '시를 읽고 시를 쓰는 마음'이

187

라고 나는 믿습니다. 시는 세상의 참모습을 있는 그대로 보여 주기도 하고, 세상 사람들과 관계 맺고 살아가는 우리의 진실한 모습을 드러내기도 하며, 자연이 주는 따뜻한 마음을 전해 주기도 하기 때문입니다.

우리 학창 시절에 자기가 손수 쓴 시 한 편, 진실한 사랑을 담은 편지 한 통, 진지한 고민을 드러낸 일기 한 편을 갖지 못한다면 이건 참으로 불행한 일입니다. 마음에 윤기 하나 없는 삭막한 가슴으로 이 세상을 살아가야 하기 때문입니다.

글은 누구나 쓸 수 있습니다. 이 책에 실은 시들은 글 잘 쓰는 몇몇 아이들의 시만 모은 것이 아닙니다. 그런데도 감동을 주는 글들입니다. 어떻게 하면 우리도 이런 시(글)를 쓸 수 있을까 함께 그 길을 찾아가 봅시다.

글쓰기는 목숨을 살리는 일입니다

사람은 밥을 먹고 물을 마시고 공기와 빛을 받아야 살 수 있습니다. 그런데 줄창 먹고 마시고 받기만 하면 삽니까? 금방 죽고 말 것입니다. 밥을 먹고 똥을 누지 못하면 며칠 안 가서 죽을 것이고, 숨을 들이쉬기만 하고 내쉬지 못하면 금방 죽고 맙니다. 들어온 것이 있으면 나가는 것이 있어야 합니다. 끊임없이 소통해야 하지요. 우리 몸의 목숨이 이렇듯이 정신의 목숨도 꼭 같습니다. 우리 정신은 하루 내내 보고 듣고 느끼고 있습니다. 텔레

비전 소리, 누군가의 잔소리, 선생님의 말씀, 읽는 책, 내 눈에 비치는 수많은 풍경과 모습들……. 잠시도 쉬지 않고 받아들이고 있습니다. 이런 모든 것에 대한 반응이 어떻게든 나타나지요. 이것이 소통입니다. 이것이 없으면 죽고 말 것입니다.

우리가 누군가한테 도둑으로 몰리는 일을 당했다고 합시다. 그런데 그 억울한 일을 해명조차 못 하게 하면 우리는 어떻게 되겠습니까. 정말 미칠 노릇이지요. 이게 정신의 목숨을 죽이는 일입니다. 실제로 요즈음 만병의 근원이라고 하는 스트레스는 따지고 보면 자기 속을 있는 대로 드러내지 못해서 생긴 병입니다.

밥을 먹고 똥을 누듯이 마음에 받아들인 것들을 글로써 내놓는다면, 똥 누기나 글쓰기가 다를 바가 없지 않겠습니까? 그래서 나는 주장합니다.

"글쓰기는 똥 누기와 같다."

"글쓰기는 목숨을 살리는 일이다."

글쓰기가 똥 누기와 같다면 똥 누듯이 글을 쓰라는 말인데, 이걸 좀 자세히 말해 보겠습니다.

첫째, 남의 눈을 의식하지 마십시오. 똥 눌 때 남의 눈을 의식하면 똥이 잘 안 나오겠지요. 부끄러워하지도 말고 자랑하려고 하지도 말고 상을 받고 싶은 욕심도 버려야 합니다.

둘째, 진정으로 하고 싶은 말을 토해 내듯이 하십시오.

셋째, 정말 쓰고 싶은 것을 쓰십시오. 쓰고 싶지 않은 글은 안 써야 합니다. 누고 싶지 않은 똥을 눌 수는 없지요.

글쓰기란 누구나 할 수 있는 일이며, 똥을 누듯이 그렇게 글을 쓰면 된다는 것을 이해했다고 해도 막상 글을 써 보면 도무지 마음에 들지 않을 때가 많습니다. '나는 힘들여 썼는데 왜 다른 아이들처럼 뭔가 감동이 없지?' 싶습니다. 글쓰기가 똥 누기와 같다고 했지요. 그럼 우리가 건강한 똥을 누려면 어떻게 해야 합니까? 화장실에 앉아서 아무리 기교를 부려 봐도 건강한 똥이 나오지 않습니다. 그렇지요. 평소에 바른 음식을 알맞게 먹고 운동도 알맞게 했을 때 저절로 건강한 똥이 나옵니다. 글도 마찬가지지요. 책상 앞에 앉아 아무리 머리를 짜내어도 좋은 글이 안 나옵니다. 부디 잊지 마십시오. 글짓기 공부방에서 글 짓는 연습만 한다고, 방법 하나, 기교 하나를 더 배운다고 글이 잘 써지지 않습니다. 평소의 삶이 풍부하고 건강해야 합니다. 자, 그렇다면 풍부하고 건강한 삶을 살기 위하여 해야 할 일은 무엇인지 생각해 봅시다.

마음을 열고 감각을 살립시다

첫째, 오감을 살리고 깊이 느끼는 일입니다.

"눈이 있어도 보지 못하고 귀가 있어도 듣지 못한다."는 말이 있습니다. 정말 그렇습니다. 뻔히 눈을 뜨고 있어도 보지 못하는 사람이 너무나 많습니다. 내가 어느 고등 학교에 있을 때 일입니다. 시조 공부를 하는데 매화를 글감으로 한 시가 자주 나옵니다. 그래 내가 그랬지요. 여러분 매화는 늘 보고 있지요? 아이들

은 멀뚱합니다. 매화가 어떻게 생긴지도 모른답니다. 한 번도 본
적이 없대요. 아니, 여러분이 날마다 학교 정문을 들어서면 바로
앞 화단에 거무튀튀한 나뭇가지에 어울리지 않게 하얗게 예쁜
꽃이 피어 있지 않더냐, 그게 바로 매화야 했더니 아이들 대답이
걸작입니다. "그게 매화였습니까?" 하는 사람도 있고 "거기 나
무가 있긴 있었습니까?" 하기도 합니다. 이름을 몰라 건성으로
봐 넘긴 것도 안타까운 일이지만 나무가 있었는지 없었는지도
모르는 사람은 그야말로 눈이 있어도 보지 못하는 사람이지요.

꽃밭에 모란이 봄볕 아래 붉게 붉게 피어 있어도 그것 하나 눈
여겨보며 느낌을 잡아 보려는 사람이 드뭅니다. 소나무 가는 이
파리를 스치는 바람 소리, 이걸 풍입송(風入松)이라고 한다지요.
요즈음 말로 하면 솔바람 소리겠지요. 옛날 우리 선조들은 아이
가진 사람들에게 이 소리를 듣게 했답니다. 태교에 아주 좋다고
합니다. 그런데 우리는 정작 그 흔한 소나무 아래에서 그 소리를
들어 보았던가. 우리가 보고 듣고 냄새 맡고 만지고 맛보는 것들
이 어떤 것들인가 지금이라도 살펴보기 바랍니다. 솔잎 사이에
서 반짝이는 별을 본 적은 있는가, 개울가에 앉아서 돌돌돌 흐르
는 개울물 소리 들어 본 적은 있는가, 추운 겨울 아침 문고리에
손이 쩍쩍 올라붙는 추위를 느껴 본 적은 있는가, 맨발로 흙을 밟
아 본 적은 있는가…… . 이런 것들이 우리의 감각을 되살려 주는
자연입니다. 이것이 우리의 건강한 감수성이 될 것입니다. 시 한
편, 글 한 줄의 바탕이 되는 것이 바로 이 감수성입니다.

살구꽃이 살짝 피었어. / 봉오리도 있지. / 봄바람이랑 같이 놀고 / 날아가는 새 불러 / 쉬어 가라 하고. / 살구꽃은 / 부러울 게 없을 거 같아.

—〈살구꽃〉, 밀양 상동 초등 6학년 하상우, 《개구리랑 같이 학교로 갔다》(보리)에서.

이 아이는 살구꽃이 막 피어나고 있는 것(시각)을 보았겠지요. 봄바람을 느끼고(촉각) 새들이 노니는 소리도(청각) 듣고 있습니다. 오감이 그대로 살아있는 아이입니다. "살구꽃은 부러울 게 없을 거 같아." 우리 삶도 이런 자연을 오롯이 느끼고 살 수 있다면 부러울 게 없을 것 같습니다. 이 아이는 이걸 깨닫고 있습니다. 도시 아이들은 도저히 가지지 못할 맑은 마음이 참 아름답지 않습니까. 하지만 시골 아이라고 해서 다 이런 감각을 가지고 있지는 않을 것입니다. 이 아이는 봄이 오는 자연의 모습을 열린 마음으로 자세히 볼 수 있는 공부를 하였던 때문이지요. 그리고 이렇게 시를 쓰면서 더욱 맑은 마음을 가지게 되었을 것입니다.

사랑 없이는 시를 쓸 수 없습니다

둘째, 내 둘레 사람과 사물을 사랑하는 일입니다.

우리 삶에서 가장 큰 힘이 무엇이겠습니까. 예, 바로 '사랑'입니다. 우리는 나 혼자 따로 떨어져서는 한시도 살 수 없습니다.

나무에서 내뿜는 맑은 산소가 없다면, 땅 속을 흐르고 있는 물이 없다면, 씨앗을 뿌리고 김매고 거두어들이는 농부가 없다면, 우리 집을 지은 노동자가 없다면, 우리가 어떻게 하루인들 살 수 있겠습니까. 그래서 우주 삼라만상이 수많은 관계의 그물로 서로 얽혀 있다고 합니다. 이 관계 가운데 가장 좋은 관계는 어떤 것이겠습니까. 서로 사랑하는 관계이겠지요. 그래서 우리 삶에 가장 큰 힘은 사랑이란 겁니다.

이 사랑이 있어야 삶이 풍부해집니다. 식구 한 사람이라도 마음 아파하고 있으면 그 아픔 함께 하는 사람, 어렵고 가난하게 살아가는 이웃의 아픔을 조금이라도 나누어 지려고 하는 사람, 한 반에 있는 동무 하나가 홀로 외로이 떨어져 있으면 곁에 다가가 따뜻하게 다독거려 주는 사람, 나아가 이 세상 어느 곳에서든 배고픔과 전쟁의 고통에 신음하고 있는 사람이 있다는 사실에 마음 아파하는 사람, 이런 사람의 마음이 시를 쓰게 합니다. 왜 그럴까요. 나와 내 둘레에 대한 사랑의 마음이 바로 시심(詩心)이기 때문입니다.

이 책에는 힘겹지만 꿋꿋하게 살아가는 이웃 사람의 모습이 참 많이 나옵니다. 〈군고구마 할아버지〉, 〈구멍가게 할아버지〉, 〈똥 푸소 아저씨들〉, 〈초등 학교 앞의 신문을 파는 형님〉, 〈배추 장사〉, 〈자갈치 아지매〉, 〈손수레 장수 아주머니〉……. 사랑의 눈으로 보면 우리가 무심하게 지나쳤던 모든 사람들이 이렇게 우리 앞에 되살아납니다. 우리는 이분들의 삶을 보면서 또 우리를 키워 가는 것입니다. 시의 힘이 이렇습니다.

배추를 산더미처럼 쌓아 놓고/배가 출출하면/무시 하나 칼로 깎아 베어 먹고/바람 불어 추우면 털목도리/더 높이 세우고 움츠리며/손님 오길 기다리는 저 아주머니./(가운데 줄임)/바람 불어 빨개진 코, 빨개진 볼./떨리는 손으로 돈 받아 돈주머니에 넣고/다시 손을/돈주머니 밑 따스한 곳에 넣는다./입김으로 한 번 불었다가/손을 한 번 비볐다가/또 손님이 오면 배추 싱싱한 걸 꺼내/반으로 뚝 쪼개어/다시 연설한다./봉래동 시장 담벼락 밑에 앉아/배추 파는 저 아주머니./(끝 줄임)

—〈배추 장사〉, 박병영

시장통에서 채소 파는 사람들을 보지 못한 사람은 없을 것입니다. 다들 그냥 스쳐 지나가는 그 모습을 이 아이는 얼마나 자세히 보고 있습니까. 아마 배추 장사 곁에서 한참 그 모습을 지켜본 듯합니다. 그냥 호기심이나 재미로 바라본 게 아니라 안쓰러운 마음으로 사랑을 담아 바라보고 있습니다. 이런 마음이 우리가 살아가는 세상을 따뜻하게 하는 바탕이 됩니다. 아름다운 관계 속에 살아가게 하지요.

몸소 겪어 보는 것만큼 좋은 공부가 없습니다.

셋째, 무엇이든 몸소 겪어 보는 게 좋습니다.
부디 가상의 화면 속 세상에만 빠져들지 말란 말입니다. 여기에서 헤어나지 못하는 한 우리는 건강한 삶을 살아갈 수 없습니다. 그 세상은 아무리 현실을 닮아 있어도 관념의 세상이고 허구의 세상입니다.

몸으로 겪고 느끼고 생각해야 창조하는 힘을 얻을 수 있습니다. 산 속을 거닐어 본 사람한테는 나무 한 그루 풀 한 포기에 대한 느낌이 달라지지요. 밥알만 한 작은 꽃을 피운 들꽃 앞에 쪼그려 앉아 볼 줄 아는 마음, 몇 아름이나 되어 보이는 크나큰 고목에 자기 몸을 바짝 붙이고 나무의 숨소리라도 들어 보려고 하는 마음이 있으면 숲은 우리에게 많은 이야기를 건넬 것입니다. 그런데 산꼭대기만 향해서 줄기차게 오르기만 한 사람은 숲의 이야기를 놓치기 쉽지요.

도시에서도 마찬가지입니다. 대단지 아파트에 사는 사람은 달동네 골목길을 걸어 보아야 합니다. 그리고 그곳 사람들과 함께 무슨 일이든 해 보면 더 좋겠지요. 이런 가운데 새롭게 느끼는 일이 있을 것이고 깨달음도 얻을 것입니다. 이게 바로 시를 쓰는 '바탕 힘'이 되는 것입니다. 물론 될 수 있는 대로 여행을 많이 해 보는 것도 좋겠지요.

컴컴한 아파트의 계단을 올라가노라면/계단에 깔린 황금색의 철이/달빛에 반짝여 내 눈에 들어오네./잠시 동안 그것을 보고/문득 앞을 보자면 으스스한 화분이/나를 잡아먹을 것처럼/열어 놓은 창문으로 들어온 바람에 흔들리고 있네. / 저 하늘 동쪽에 떠 있는 샛별을 보자니/어느 새 새벽이 다 가고/밝게 빛나는 아침이 오고 있구나./문 밑으로 신문을 넣어 주고/계단을 내려오면/요란한 소리에 계단도 놀랬는지/나도 놀랬는지/구두 소리가 1층으로부터 나의 머리칼을/삐쭉삐쭉 서게 만드네./(끝 줄임)

―〈어둠의 계단〉, 이건식

이 아이는 새벽에 신문 배달을 하고 있습니다. 어둑한 아파트 계단을 오르내리며 숨을 헐떡거리며 신문을 돌리는 모습이 생생하게 살아납니다. 남들이 겪어 보지 못하는 일을 해 본 사람은 더 깊고 넓은 생각을 할 수 있습니다. 이 아이는 먼 훗날 자기에게 어려운 일이 닥쳤을 때 '어둠이 깊으면 새벽이 멀지 않았다'는 걸 믿으며 그 어려움을 잘 헤쳐 나갈 것입니다. 어려서 겪은 작은 체험 하나가 훗날 자기 삶의 힘이 되는 경우를 자주 봅니다. 더욱이 이렇게 시로 써 두었으니 더 생생한 기억으로 남았겠지요.

머리가 나쁘면 손발이 고생한다?

넷째, 일하는 삶을 귀하게 여겨야 합니다.

"머리가 나쁘면 손발이 고생한다." 우리는 이 말을 쉽게 합니다. 몸 놀려 일하는 것을 천하게 여기는 뿌리 깊은 병폐가 우리 머릿속에 꽉 들어차 있습니다. 이것은 예로부터 일하지 않고 남을 부려 살아가는 사람들이 우리에게 주입한 생각입니다. 몸소 힘들여 일을 해 보아야 바른 생각을 가질 수 있습니다. 도시 사람들은 돈만 들고 '마트'에 가면 한 수레 가득 먹을 것을 사 올 수 있습니다. 그러나 그렇게 산더미로 쌓인 물건들이 모두 누군가 땀 흘려 일해 거둔 것들입니다. 아무리 기계 문명이 발달한 세상이라 하더라도, 누군가 허리 굽혀 김매지 않으면 쌀 한 톨 얻을 수 없고 누군가 거센 파도가 치는 바다에 나가 그물 던져 고기를 잡지 않으면 우리가 어떻게 생선 맛을 볼 수 있겠습니까. 하지만 이제 이 일도 자꾸 편하게만 하려고 합니다. 독한 제초제를 써서 풀을 아예 자라지 못하게 하고, 양식장을 만들어 고기를 대량으로 키웁니다. 그러다가 고기들이 병이 들면 항생제를 사료에 듬뿍 넣어서 준답니다. 이래서 요즈음은 채소도 생선도 마음놓고 먹을 수 없는 음식이 되어 갑니다. 독이 든 줄 뻔히 알면서도 먹고살아야 하니까 꾸역꾸역 먹고 있습니다.

학교를 한번 둘러보십시오. 교장 선생님이 한 열흘 학교를 비운다고 학교가 안 돌아가는 것이 아닙니다. 계신지 안 계신지 모르고 지나갑니다. 하지만 쓰레기 치우는 아저씨, 급식소에서 밥 하는 아주머니가 하루라도 안 나오시면 아마 학교는 난리가 날 것입니다. 변소마다 쓰레기통마다 넘쳐나는 쓰레기로 생활이 안 되겠지요. 그리고 우리는 점심을 쫄쫄 굶어야 합니다. 우리는 일하는 분들의 수고에 기대어 살아가고 있습니다. 그러면서도 이런 분들을 업신여기지요.

여러분은 학교에서나 집에서나 일하는 데 몸 사리지 말아야 할 것입니다. 교실 청소 하나라도 마음을 담아 열심히 해 보십시오. 해 보면 마음이 환해지는 것을 느낄 수 있을 것입니다. 일하는 삶이 얼마나 귀하고 보람된 것인지 깨달을 것입니다. 그래서 나는 우리 반 아이들한테 '벌 청소'를 하게 하지 않습니다. 귀하고 신성한 일을 '벌'로 하게 하면 안 된다 싶기 때문입니다. 일하는 즐거움, 청소하는 재미를 느껴 본 사람은 힘들여 일하는 분들을 업신여기지 않을 것입니다.

> 조그마한 점포라도 / 며칠 청소하니 꾀가 생긴다. / 보이는 곳만 반짝반짝. / 아버지 꾸중하시네. / "이곳은 너의 밥그릇이야. / 너희가 편히 공부하기 위해서는……. / 너희가 편히 공부할 때 나는 여기서 / 뼈가 부러지게, 쎄가 빠지도록 / 일을 한다. / 이 세상에 편히 돈 버는 일은 없다."
>
> ―〈점포 청소〉, 장효진

아버지의 가르침이 가슴을 칩니다. 일하지 않고 편히 돈 버는 사람들이 판을 치는 세상은 이미 썩어 버린 세상이겠지요. 우리나라 경제 정책을 책임지는 경제 부총리가 입만 열면 부동산 투기를 뿌리뽑겠다고 큰소리치다가 자기네가 바로 그 짓을 해서 수십억 원을 벌었던 일이 들통이 났습니다. 바로 어제까지 그렇게 사람들 앞에서 거들먹거리며 나는 모르는 일이라고 발뺌하던 그 사람은 빗발치는 여론에 부총리에서 쫓겨났습니다. 이런 사람은 자리만 쫓겨날 뿐이지 진정으로 반성할 것 같지는 않습니다. 일하지 않고 살아온 사람이기 때문에 그럴 것이라고 나는 생각합니다.

일하는 것을 귀하게 여기지 않는 사람이 시를 쓰면 그것도 거짓말이 되기 십상입니다.

자기도 모르게 가슴에서 터져 나온 말이 시가 됩니다

시 쓰기 공부를 하면서 가장 먼저 할 일은 또래 동무들이 쓴 시를 많이 읽어 보는 일입니다. 이 책을 엮어 내는 것도 여러분이 또래 아이들의 글을 많이 읽어 보라는 뜻으로 하는 일입니다. 또 기성 시인의 작품 가운데에도 쉽게 이해할 수 있고 공감할 수 있는 시들이 많습니다. 요컨대 좋은 시들을 많이 읽는 것이 시 쓰기 공부에서 먼저 할 일입니다. 시는 운율이 있는 글이니까 소리 내어 여러 번 읽는 것도 재미날 것이고, 자기가 좋아하는 시를 골라 베껴 써 보는 일도 좋은 공부입니다. 그러면서 글쓴이는 어떤 마음으로 이 시를 썼을까, 어느 부분이 내 마음을 울리고 있는가, 나는 이 비슷한 느낌을 받은 적이 없었던가 하는 것들을 생각해 보십시오. 이렇게 시 맛보기를 해 보면 나도 쓰고 싶다, 나도 이 정도는 쓸 수 있겠다는 생각이 들 것입니다.

삼촌이 돌아가실 적에/나는 엉엉 울었다./누가 죽었는지도 모르고 어른들이/울길래 따라 울었다.//그러나 숟갈을 놓을 적에/일

곱 개를 놓다가 여섯 개를 놓으니 / 가슴 속에서 / 눈물이 왈칵 나
왔다.

—〈삼촌〉, 충남 성신 초등 6학년 김영롱, 《국어 시간에 시 읽기 1》(나라말)에서.

삼촌이 죽은 뒤 숟가락을 놓다가 한 사람이 없어졌다는 사실
을 새삼 느낍니다. 이 아이는 가슴이 뜨거워지며 왈칵 눈물이 솟
았습니다. 아무 설명 없이 그 순간을 잡아 썼습니다. 다음에 보이
는 두 시도 아무 설명이 필요 없습니다. 아이들의 가슴에서 터져
나오는 말에 우리도 모르게 고개를 주억거리게 되지요. 글쓴이
의 진실한 마음씨까지 다 알 것 같습니다. 시는 이런 것입니다.

내일 아침 햇빛 나면 / 먼저 일어나 / 창문을 열어 놓을 거다.

—〈장마〉, 강원 오색 초등 5학년 최아름, 《까만 손》(보리)에서.

비가 내린다. / 가난한 사람들이 엉엉 우는 것처럼.

—〈날씨〉, 강원 오색 초등 6학년 차혜진, 《까만 손》(보리)에서.

절실한 마음이 담긴 한마디가 가슴을 울립니다

좋은 시를 읽다 보면 어느 한 구절에 가슴이 쩌릿해 오는 걸
느낍니다. 우리가 여느 시를 읽을 때도 '어느 부분이 시가 되게
하는가' 하는 것을 생각하게 됩니다. 시에는 시가 되게 하는 부

분이 있습니다. 그것이 무엇인가 살펴보니 글쓴이의 절실한 마음이 담긴 한마디였습니다. 우리가 시를 쓸 때도 마찬가지입니다. 그 절실한 한마디를 하기 위해서 씁니다. 그런데 그 말만 불쑥 할 수 없으니 전후 사정을 그려 내어야 하겠지요. 그려 내되 남들이 읽어도 그 장면을 환하게 떠올릴 수 있도록 해야 합니다. 이것은 자주 써 보면 저절로 알게 되는 법입니다.

밤이 되자 밖에서 놀던 동생이 집에 들어와서 / 공책을 펴 놓고 실눈으로 연필을 쥐고 하품을 하며 / 글자 한 자 한 자 쓰고 있었다. / 어머니께서는 동생을 막 꾸중하고 매를 들고 때리셨다. / 나는 그 모습을 가만히 보고만 있었다. / 숙제를 한참 하던 동생이 조금 뒤 나에게 / "오빠야! 숙제 좀 해 주가." 하고 간청했다. / 나는 못 들은 척 이불 속으로 숨었다. / 그 때 동생이 울던 모습이 아직도 기억에 남는다. / 어머니께선 좀 해 주라고 하셨지만 / 나는 동생이 스스로 자기 것 자기가 하는 습관을 기르기 위해서 참았다. / 만약 그 때 내가 동생의 숙제를 해 주었으면 자꾸 해 달라고 할 것이다. / 동생이 나에게 원망할까 봐 걱정된다. / 제발 이 오빠의 마음을 알아줬으면 좋겠네.

─〈울고 하는 숙제〉, 문성수

어떻습니까. 장면이 환히 떠오르지요. 오빠의 절실한 마음도 드러나고요. 이 정도 시라면 얼마든지 여러분도 쓸 수 있지 않겠습니까? 어려울 것 하나도 없습니다. 문제는 마음입니다.

이젠 눈앞이 아무것도 안 보인다. / 입시가 코 아니라 눈까지 왔
다. / 이젠 큰일났구나. / 공부는 안 했는데 고등 학교는 / 좋은 데
가고 싶고 어짜꼬 싶으다. / 부모님께서 자꾸 좋은 데 가라 하시고
/ 성적은 안 되고 기가 막힐 노릇이다. / 아버지께서는 공부 못하면
너 앞 일이 / 걱정이다 하시면서 한숨만 하시고 / 엄마는 공부 좀
열심히 해라 하시며 / 한결같은 마음. / 입시가 발등에 떨어졌는데
/ 어짜꼬 싶으다.

—〈석 달 남은 입시〉, 최철호

이 시 때문인지 나는 한때 곤란한 일이 닥치면 나도 모르게
"어짜꼬 싶으다."란 말이 입 속에 맴돌았습니다. 그만큼 이 말이
절실하게 느껴졌습니다. 어찌하지 못할 답답한 심정, 입시 날은
다가오고 해 놓은 공부는 없고 학교는 좋은 데 가야 하고 얼마나
기가 막힐 노릇입니까. 어짜꼬 싶을밖에요.

이팔청춘! 뜨거운 가슴으로 세상 향해 말하다

어른들이 그러시지요. 요즈음은 중학생만 되어도 덩치는 어
른이라고. 덩치는 어른이라면서 어른 대접을 안 해 주니까 속상
할 때도 많지요. 나이 열여섯, 이팔청춘쯤 되면 세상살이에 대한
고민도 많고 모순된 현실에 분노도 느낍니다. 이런 고민과 분노
도 시가 됩니다.

이 책에 실린 〈오늘의 꿈〉, 〈이것이 시다〉 같은 시는 중학생답지 않은 글이란 이야기를 많이 들었습니다. 관념적인 시라서 좋지 않다는 평도 받았습니다. 하지만 나는 그렇게 생각하지 않습니다. 자기 생각을 시로 쓴 것이라고 해서 시가 되지 않는 것은 아니기 때문입니다. 통일에 대한 절실한 염원, 세상의 모순에 대한 자기 주장을 시로 나타낼 수 있습니다.

콩나물—180원 / 파—170원 / 두부—200원 / 쌀—1500원 / 라면—300원 / 돌이 과자값—200원 / 멸치—150원 / 고등어—270원 // 이것이 시다. / 바로 이것이 시다. / 생활이 알알이 들어와 박힌 이것이 시다. / 엥겔 계수가 100인 이 생활이 시다. / 자연보다도, 헛된 공상보다도, 숨이 없는 노래보다도 / 몇만 배나 뜨거운 이것이 시다. / 모든 것이 활활 타는 이것이 시다. / 꾸밈도, 치장도, 속임도 전혀 없는 이것이 시다. / 만년필도 필요 없고 / 외제 펜도 필요 없는 이것이 시다. / 붓도, 잉크도 / 필요 없는 이것이 시다. / 가계부 쓸 시간도 없이, 쓸 것도 없이 / 바쁜 내 어머니를, 내 이웃을 생각하게 하고 / 나의 이 작은 가슴에 뜨거움을 한 아름 가져다 붓는 / 이것이 시다. // 이것이 시다. / 어떤 시인도 흉내낼 수 없는 이것이 시다.

—〈이것이 시다〉, 한영근

중학생쯤 되면 자기가 본 것, 겪은 것을 시로 쓰기보다는 생각을 써 보고 싶을 때가 있습니다. 바깥 사물에 대한 반응보다 내면의 소리를 듣게 되는 때인 모양이지요. 시대의 아픔을 나름대로 각색한 시를 쓸 수도 있고 사회의 문제를 무엇에 빗대어 고발하기도 합니다. 이런 것을 두고 자기가 직접 겪어 보지 않은 사실을 시로 썼다고 하면서, 삶이 없다고 말하거나 관념시라고 말할 수는 없습니다. 우리가 살고 있는 현실과 이런 현실이 있게 된 역사나 사회 구조의 모순을 처음 알았을 때 당혹감과 분노를 느끼는 것은 당연합니다. 그리고 이것을 글로 써 보는 일은 아주 뜻있는 일입니다.

글쓰기를 지도하는 선생님들이 이런 아이들에게 '자기가 겪은 일'만을 글로 쓰라고 강요하는 것도 '삶을 가꾸는 글쓰기'를 가로막는 일이 될 것입니다.

그런데 이 시는 어떻습니까?

> 자갈치 시장 바닥./질퍽질퍽 소리내며/드러누운 고기.//고기의 비린내가/강렬한 햇살에/감광되어/그 후각의 미를 은유하고/더 끈끈한/자갈치 바닥의 삶의 초근이……//아지매들이/돋구는 흥의 목소리.//삶의 절망, 후회,/삶의 행복으로 이어 가는,/엮어 가는 아지매들.//아지매들의/마음 속으로/노랗게 반들거리는,/빛나는 햇살처럼/빛나는 삶.//잠시의 고생 시간이 쌓여진/자갈치 바닥엔/그 아지매들의/감을 듯한 눈 속으로/아롱거리는 눈물 방울.
>
> ─⟨삶⟩, 김○○

자갈치 시장 아주머니를 보고 쓴 시 같다 싶긴 한데 무슨 말인지 도무지 알 수가 없지요. 낱말들도 어른들이 쓰는 어려운 말들을 마구 가져다 붙였어요. 몇 번을 읽어도 감흥은커녕 화가 납니다. 이것이야말로 자기도 모를 어려운 한자말 몇 개를 가져다 붙여서 무슨 이야기를 하려는지 알 수도 없게 쓴 엉터리 시입니다. 이 시를 쓴 학생이 평소에는 이렇게 쓰지 않았는데 이번에는 아마 한껏 멋을 부려 써 본 모양입니다. 제 몸에 맞지 않는 싸구려 반짝이로 장식한 화려한 무대 의상을 입고 교실에 들어선 꼴이 되어 버렸습니다. 더 큰 문제는 중·고등 학교 문예반 아이들의 시들이 거의 이 모양들입니다. 그들도 이 책을 좀 보았으면 좋겠습니다.

이 시들을 쓰던 시절

이 책에 실린 시를 썼던 아이들은 이제 삼십 대 중반을 넘은 어른이 되어 있습니다. 요즈음도 가끔 이 친구들을 만나 술을 나누곤 합니다. 만나면 꼭 시 이야기가 나옵니다. 그 때는 어찌 된 판인지 그렇게 열심히 글을 썼는지, 그 기억을 떠올립니다. 나는 이름으로 얼굴을 떠올리기보다 시로 그 아이 얼굴을 떠올리게 됩니다. 그만큼 글쓰기는 우리를 엮어 주는 귀한 고리가 되었습니다.

"허투루 살게 될 때, 들키면 안 돼 싶은 사람이 선생님이었어요."

이런 이야기를 하는 걸 보면 내가 바르게 살아야 한다는 이야기를 끝도 없이 한 모양입니다. 그러나 글쓰기를 하지 않고 말만 그렇게 했더라면 이 친구들이 기억하지 못하리라 생각합니다. 글쓰기는 오래도록 머리에 새겨지는 법입니다.

그 시절을 떠올리면 나는 지금도 가슴이 답답합니다. 1980년대 초, 전두환 군사 독재가 기승을 부리던 때였습니다. 하루하루가 고통스러웠습니다. 그들은 싸우기에는 너무나 버겁고 무서운, 총칼과 고문과 감옥을 아무에게나 휘두르던 깡패였습니다. 그럴수록 나는 우리 반 아이들과 함께 사는 일에 빠져들었는지 모르겠습니다. 우리 아이들이 어른이 되어 사는 세상은 이 독재의 껍데기를 깡그리 벗어 던질 수 있기를 간절히 바라며, 소리 죽여 5월 광주를 이야기하고 고은, 문병란, 문익환, 이동순, 김준태, 양성우의 시를 함께 읽었습니다. 억압을 당할수록 시심(詩心)에는 새파란 불꽃이 타오르는지도 모릅니다.

우리 아이들은 나와 함께 글쓰기를 그렇게 재미나게 잘 해 주었습니다. 재원이란 친구는 중학교 1학년이었는데도 글을 잘 쓸 줄 몰랐습니다. 그러던 친구가 글쓰기로 글을 깨치자 하루에도 몇 번씩 시를 써 들고 와서 내밀기도 했습니다.

또 하나, 그 시절 그 동네가 참 가난했습니다. 내가 있은 학교는 부산 영도 들머리 도로변에 있었는데, 영도가 다른 지역에 견주어 가난한 사람이 많이 살았습니다. 이 책의 시들은 거의 다 가난한 삶을 그리고 있습니다. 간혹 좀 부유한 집이 있긴 했는데 그런 집 아이들은 왠지 시를 잘 쓰지 못했습니다. 물질의 풍요는 안

락과 쾌락을 줄지언정 잔잔한 사랑과 감동이 이는 시심(詩心)을 주지는 못합니다. 가난의 아픔이 시를 쓰게 한 것입니다. 소박하고 당당한 가난을 지닐 수 있어야 시를 쓸 수 있을 것입니다.

그래서 김용택 시인은 〈시인〉이란 제목으로 이런 시를 썼습니다. 단 한 줄로.

"배 고플 때 지던 짐 배 부르니 못 지겠네."

2005년 4월

이상석

중학생, 우리들이 쓴 시

있는 그대로가 좋아

2005년 5월 25일 1판 1쇄 펴냄 | 2020년 7월 14일 1판 7쇄 펴냄 | **글쓴이** 부산 대양 중학교 아이들 67명 | **엮은이** 이상석 | **펴낸이** 유문숙 | **편집** 김성재, 김은주, 남우희, 심명숙 | **디자인** 미르 | **제작** 심준엽 | **영업** 안명선, 양병희, 조현정, 최민용 | **잡지 영업** 이옥한, 정영지 | **새사업팀** 조서연 | **대외 협력** 조병범, 신종호 | **경영 지원** 임혜정, 한선희 | **인쇄와 제본** (주)천일문화사 | **펴낸 곳** (주)도서출판 보리 | **출판 등록** 1991년 8월 6일 제 9-279호 | **주소** (10881)경기도 파주시 직지길 492 | **전화** (031)955-3535 | **전송** (031)955-3533 | **누리집** www.boribook.com | **전자우편** bori@boribook.com

이 도서의 국립중앙도서관 출판예정도서목록(CIP)은 서지정보유통지원시스템 홈페이지(http://seoji.nl.go.kr)와 국가자료공동목록시스템(http://www.nl.go.kr/kolisnet)에서 이용하실 수 있습니다.(CIP 제어 번호: CIP2005000981)